文庫

朴 慶 南

私たちは
幸せになるために
生まれてきた

光文社

本書は『私たちは幸せになるために生まれてきた』
（二〇一一年／毎日新聞社刊）を文庫化したものです。

私たちは
幸せになるために
生まれてきた

目次

本文デザイン　Malpu Design（佐野佳子）

文庫版まえがき

この本を手にしてくださって、ありがとうございます。読んでいただく前に、本著について少しだけ紹介をさせてください。

福井県に曹洞宗《そうとうしゅう》の大本山、永平寺《えいへいじ》があります。そこで発行されている「傘松《さんしょう》」という機関誌に、毎月エッセイを連載してきました。それをまとめたのが、二〇一一年の十月に出版された、単行本の『私たちは幸せになるために生まれてきた』(毎日新聞社)です。

二〇〇九年の十一月から、二〇一一年の八月までの連載です。現在より、時を少しさかのぼってしまうことを、ご了承くださいますように。

今回、その本に手を入れ、大幅に加筆して、新しく生まれ変わった、文庫版の『私たちは幸せになるために生まれてきた』が誕生しました。

私が出会った人たちや、体験したこと、ぜひ伝えたいと思ったことなどをつづりました。人生への肯定感、人間の素晴らしさを、きっと実感していただけるのではないかと思います。

たとえ、どんな状況下や境遇のなかにあっても、よりよい方向へと歩んでいく力と、生きていることの意味を、この本の一話一話から受け取っていただけたら、ありがたく幸せです。

人生のスタートラインに立つ

「生きていると、いろんなことがあるね」。いつのころからか、よく私が口にする言葉です。本当に、いろんなことがあります。〝いろんなこと〟というなかには、もちろん、うれしいことや楽しいこと、幸せなことがありますが、つらいことや苦しいこと、大変なことがあったときなどに、より実感がこもるようです。

どうしていろんなことがあるのだろう、それはどんな意味のあることなのだろうと思いはじめると、どんなわけがあって人は生まれてくるのだろう、何のために生きていくのだろう、なぜ私は私なのだろう……と、疑問符が次々に増えていきます。

そんな疑問符と結びつくような「願生《がんしょう》」という、はじめて知る言葉を教えてくださったのは、福井県にある曹洞宗の大本山・永平寺で講師をされていた西田正法《しょうぼう》さんです。以前、曹洞宗において主催された会で、幾度となく講演をさせていただく機会があり、そのご縁で知り合うことができました。

西田さんは、私の講演や著書をとおして、そのテーマと「願生」がつながり合っているのを感じたといいます。はじめてふれる言葉ですが、「願生」には一体どんな意味があるのでしょうか。

「願生」について、西田さんがとらえた解説文を送っていただきました。仏教の言葉だといいますが、丁寧にわかりやすく説かれている内容は、仏教をよく知らない私にも、理解できるものでした。

その中から、私なりに解釈し、受けとめたのは、次のようなことです。

そもそも私たちは、自分が望んで生まれてきたわけではありません。思春期のころ、「頼んでないのに、なんで私を生んだの」と言って、母親を困らせたことを思い出します。

言うまでもないことですが、生まれる時代や国、地域、親、性別、容姿など、自分では選べませんでした。そんな自分を取り巻く環境の一つひとつを、すごく嫌だと思ったときもありました。

人生は思いどおりにならないことばかりのようです。「生・老・病・死」の四苦がまさにそうでしょう。そのため、なげやりになったり、虚無的になったりしがちです。

しかし、それではせっかく生まれたかいがありません。

そこで、自分が生まれてきたことを否定的にとらえたり、受身だったりするのではなく、能動的に受け入れてみたらどうでしょうか。

与えられた環境や条件なども、積極的に活かしていけば、よりよいものになっていくと思います。

苦と思えることも、それを前向きにとらえると、苦があるからこそ、見えなかったものが見えたり、いろいろなことに気づかされたり、心がけひとつで、良い縁に変えていけるでしょう。

それならば、いっそのこと、「自分は願って生まれてきたんだ」と腹を決めて、そこを人生のスタートラインにしたらどうでしょうか。

これこそ、「願生」という考え方、生き方の第一歩です。自分の人生を、正面から引き受けるということになります。

私たちの人生は、さまざまな関係性の上に成り立っていますが、それを縁と言い換えることもできます。人生のなかで次々に出会う縁を、「願って生きていくんだ」という姿勢で、悪縁も含めて〝善縁〟にしていくのです。

自分の尊厳を傷つけたり、抑圧するものがあれば、それと向き合いたいと思います。そうすることによって、自分が生きている周りの世界（社会）と他の存在も、ともによいものにしていくことに結びついたら、いっそう意味あるものになります。

こういった「願生」の生き方を、私もめざしていきたいです。本文中でご紹介させていただいた方たちに、共通している生き方と言えるでしょう。

ここで、私の自己紹介をさせてください。朴慶南《パクキヨンナム》という名前から男性と間違えられることも多く、また、「いつ韓国から来たのですか」という質問もよく受けますが、山陰の鳥取県で二人きょうだいの長女として生まれて育ちました。

父は七歳、母は二歳のころに、植民地下の朝鮮半島から祖父母とともに日本へ渡ってきたといいます。古《いにしえ》の新羅《しらぎ》の都、慶州《キヨンジユ》が我が生家の故郷です。高齢になった母は、おかげさまで、いまなお鳥取の地で元気に過ごしています（父は二〇一二年に逝去）。

子どものころから、よく思っていました。私はなぜこの時代に、この場所に生まれてきたのだろうか。

世界のどこかで人と人が殺し合う戦争や紛争がつづき、朝鮮半島は分断されたままの時代に。自分の国ではなく、植民地支配の歴史によって生み出された、日本人でも韓国（朝鮮）人でもないような〝在日〟という不確かな存在として。

どういう縁があってあの両親の子となり、こういう私であるのか、私とつながる人たちとは、果たしてどういう縁で……。

一つひとつが、自分なりに解いていかなければならない〝問題〟のような気がします。願って生まれ、願って生きていく「願生」という生き方を心に刻みこんで、私なりの歩みを進めていきたいと思います。最近体験した話を書いてみましょう。

二〇〇九年、九月半ばのことです。外出先で電話を受け取りました。十一月に郷里の鳥取市内の県立高校で、生徒たちへの講演会が予定されていました。電話は、その高校の校長先生からでした。

「申しわけないのですが、講演会を中止にしたいと思っています……」

突然の話に、わけがわからないまま、携帯電話の受話器を握りしめました。楽しみにしていた講演会が一体どうして？　胸の鼓動を抑えて、受話器から流れてくる校長先生の一言ひとことに耳を集中させました。

今年のはじめ、鳥取県内の他の県立高校で、地域の総連（日本には北朝鮮系の総連

〈略称〉と韓国系の民団〈略称〉という民族団体があります）の人を、教員を対象とした人権研修の講師に招いたそうです。それまでも、そういった研修会は県内でよく行われていました。

研修会が終わったあと、その記事が総連系の新聞に載ったことで一般に知られ、一部の人たちから集中的にその高校や県に、抗議や嫌がらせ、脅しの電話やメールなどが殺到したといいます。

そういうことが起きたため、校長先生と県の担当者が相談して、私の講演会の中止を決めたとのことです。中止の理由の説明を受けながら、そのまま受け入れることができませんでした。電話を終えてから、どういうことなのか考えてみました。

まず、私の講演会と総連の人の話とは、まったく別のことです。もし何か関連があるとするならば、私の名前でしょうか。朴慶南という韓国（朝鮮）名が、メールなどを送ってきた人たちを新たに刺激するのではと、危惧《きぐ》されたのでしょう。

私のような在日コリアンは通名である日本名を使っている人が多いのですが、もし私が韓国名でなく日本名を名乗っていれば、中止にはならなかったはずです。校長先生との会話のなかでも、それを感じました。

いま日本で〝韓流〟というブームを起こしている韓国のタレントたち。当然、みんな韓国名です。でも、私たち在日が本名の韓国名でいると講演会が中止になるというのは、すごくおかしなことではないでしょうか。

日本名でなくてよかったと思いました。日本名だったら、そのおかしい問題に気づかないままだったかもしれません。「朴慶南」であることが、「ありのままの私自身」です。私自身でなければ、ありのままの自分を大切に生きることを、いつも著作や講演で伝えてきた私にとって、その根元が揺らいでしまうことになります。

この講演会は、以前、私の講演を聴いてくださった先生とお母さんたちが、生徒たちにこそ聴かせたいと企画して実現させたと聞いていました。講演会を前に、私の本の読書会まで行われているとのことでした。

これまでも多くの学校で、たくさんの生徒や学生たちとの実り豊かなふれあいを、ずっと積み重ねてきました。どの出会いも、私にはかけがえのないものです。

今回、先生やお母さんたちの願いが込められた講演会が中止となり、生徒たちとの出会いの機会が失われてしまうということは、とても残念で耐えがたく思えます。

また、外から風圧があったら、たちまち自主規制してしまうというような前例を、こんなふうに作らせてはよくないと強く思いました。嫌がらせや脅しで相手に圧力をかける行為を、そのまま認めてしまうことになります。決してゆるしてはいけないことでしょう。

あらためて校長先生と電話で話をして、再考をお願いしてみました。しかし、校長先生個人の考えというわけではなく、県の教育委員会が決定したことなので、講演会の中止は動かせないという返事でした。教育委員会の担当者を教えてくださったので、少し勇気がいりましたが、意を決して、直接話してみようと思いました。

曖昧《あいまい》にしたままではいけない、おかしいと感じ、納得できないことは、ちゃんと声に出して表さなければいけないと思ったのです。

人権教育課というところが担当でした。人権の要《かなめ》となる部署です。こういう決定は、その本分から逸《そ》れ、そこで仕事をしている人たち自身をも損《そこ》ねてしまうように思えました。そうならないように、ともに、自分たちの尊厳を大切にして生きていきたいものです。

直接の責任者は不在でしたが、代わりに対応してくださった人権教育課の担当者に、電話をとおして、私の思いを一つひとつ言葉にして伝えました。なんとしても講演会を実現させたいという、一心でした。

それでも期待している返答は、なかなか戻ってきません。とにかく待つことにしました。その間、講演会の中止を知った私の高校の恩師が老齢を押して、その担当部署を訪ねてくださったそうです。

地元の教育界で長く人権に関わってこられ、教育長もされたというその先生の働きかけは、閉じられていた固い扉を開く、大きな後押しになりました。

友人たちからも励ましを受けました。支えられていることのありがたさが身に沁《し》みました。そして結果的に、講演会は無事行われることになったのです。一度、中止と決定されたものを覆《くつがえ》すのは非常に難しいことなのだそうですが、あきらめなくて本当によかったと思います。

ただ、人権教育課からの中止撤回の理由として言われたのが、「メールなどが収まったので……」というものでした。うれしい気持ちになりながらも、反面、その理由が心にひっかかりました。メールの有無が指針になってはよくないと思うからです。

今後、その課の方たちと、良い縁を結んでいけるように願っています。十一月の講演会、生徒のみなさんと分かち合うひとときが、ほんとに楽しみです。

生かされている命

十一月の末から十二月のはじめにかけて、晩秋から初冬へと移り変わっていくこの時期は、私に自然との一体感を、より深く感じさせてくれます。

透明な陽光のきらめき、落葉樹の鮮やかな色彩、夜空を照らす月の輝き。心が洗われるようなその美しさに惹きつけられますが、まだ寒さに慣れていないまま感じる大気の冷たさは、身も心もいっそう引き締めてくれるようです。

自分自身が自然界の存在のひとつであり、そのなかで生かされているというありがたさを、ひときわ実感します。私が、大切な自分の命をもう少しで忘れそうになったのが、ちょうどこんな初冬のころだったからでしょうか。

一九九五年の十二月のはじめでした。韓国の講演先で、突然病に倒れました。帰国後、成田空港から病院に救急車で運ばれ、すぐさま集中治療室に移されるや、絶対安静を言い渡されました。

そのとき担当医が家族に告げたのは、絶望的な言葉だったそうです。

医学的には助かるはずのなかった私の命ですが、集中治療室を含めた一カ月半余りの入院生活の結果、まさに私の著書のタイトルでもある、『命さえ忘れなきゃ』（岩波書店）のとおり、なんとか命を忘れることなく、無事に退院することができました。

担当医も首をかしげるほど、奇跡的な生還（快復）だったといいます。どうして生還することができたのか、もちろん私にわかるはずもないのですが、自分なりに思うのは次のようなことです。

ベッドの上で生死の境目にいたとき、「なんとしても生きたい」という強い気持ちや、「死ぬのは嫌だ、怖い」といった感情は、不思議と起きませんでした。どうなるにせよ、あるがままを受け入れようという静かな心境だったような気がします。生と死を包みこむ大いなる自然に、すべて身をゆだねるといった感じでした。

ありがたくも生の方へと向かったわけですが、「私には、この世でやるべきことが残っているということではないか」と思いました。〝人生の修行〟が、まだ終わっていないということかもしれません。

新たにいただいたと思える命。その命の時間を自分なりにどう生きていくか、そのとき、課題が与えられた気がします。

命を忘れそうになったおかげで、自然を感じることや、何より感謝の気持ちが、いっそう大きく豊かになったようにも思えます。いま、自分が生きていて連なるすべてのことが、本当にありがたくてなりません。

空の広がり、太陽の光、雨のしずく、風のそよぎ、樹々や草花のたたずまい、鳥のさえずり、虫の音色……。命の源になる水や空気、さまざまな食べもの。私の体のすべての部分、そのおかげで体を動かせること、呼吸がこうしてできること……。それらのどれもが、なんと見事でありがたいことかと、以前にも増して深く感じられるようになりました。

また、家族をはじめ、私とつながっている人たち、出会ってくれた人たちへも感謝の気持ちが湧いてきます。新しい出会いがあり、ご縁を結ぶことができるのも、生きているからこそでしょう。

そう思えば、どの出会いやご縁も、私には贈りもののようです。

前章で、力を尽くした結果、鳥取県の高校生たちへの講演が実現することになった話を書きましたが、これも命があったからこその、新しい出会いと言えるでしょう。

そして、もし講演会があのまま中止となっていたら、せっかくの出会いの機会は失われていました。

人為的で、しかも理不尽と思えることには、身をゆだねてはいけないということを、あらためて胸に刻みこむようです。あきらめずに、実現のために力を尽くしてよかったと思いました。

講演会当日、学校の玄関に入ってすぐ目に留まったのは、ハングル（朝鮮の文字）の表記です。校内の各場所を示す名称に、韓国語が並記されていました。

壁には、チマ・チョゴリの民族衣装で踊る少女たちを描いた、美しい刺繍《ししゅう》の額が並んで掛けられています。先生に尋ねたら、姉妹校である韓国の高校生たちの作品であり、ハングルの表記もその交流のためだそうです。

私の来訪が歓迎されているような気がして、やや緊張していた心が、たちまちほぐれていくようでした。学校にとっても、私の講演会が中止とされたことは、きっと不本意で思いもよらないことだったのではないかと、想像することができました。

講演会が始まる前、校長先生に生徒たちについて伺ってみました。三年生は卒業後の就職が決まらない生徒が多く、一、二年生の生徒たちも将来に不安を抱え、自信を失っているといいます。

「どんな大変なことがあってもそれを糧《かて》にしながら、自分の力を信じて人生を前に向かって歩んでほしい」、そういう願いを、講演のなかに込めたいと思いました。

困難を乗り越えて実現した講演会。講堂には、八百人近くの生徒たちと、先生や父母のみなさんが座っています。中止の決定を再考してほしいと電話で話を交わした、県の人権教育課の方たちの姿も見えます。「ぜひ、聴きにきてください」とお誘いしていました。

一期一会の出会い。この場に立てたということが、とても幸せに感じられました。演題は「私以上でもなく、私以下でもない私」。幾度となく講演をしてきた内容ですが、いつも以上に気持ちがこもり、声に力が入ります。

まず、自分が自分であるだけで素晴らしいこと、そのありのままの自分と、自分に与えられている状況を受け入れて、そこから人生をよりよくつくっていくことをテーマに、語っていきました。私自身が心がけていることでもあります。

現在の私に至るまでの具体的な体験談は、生徒たちに説得力をもって受けとめられたようでした。

私自身、決して恵まれた環境や条件、そして特別にすぐれた資質があったわけではありません。まったく逆で、それらのマイナスを少しでもプラスに変えていった話に、生徒たちの表情がやわらいでいくのが感じられます。

私が感銘を受けた人物や、数々の逸話も紹介しました。そこから、命のありがたさや人間の尊厳の大切さ、勇気と知恵の力、他の痛みを感じ思いやる心、友情の素晴らしさ、夢をもつことの素敵さなどが伝わってほしいと思いました。

生徒たちからは、それぞれの話の内容によって、笑顔になったり、真剣な表情になったり、瞳を輝かせたりと、ストレートな反応が返ってきます。

私が〝奇跡の生還〟をした話では、私の母のエピソードを紹介しました。母がご先祖や亡くなった祖父母、神さま、仏さまだけでなく、月や樹木にまで手を合わせて、「自分の命と引き換えに、どうか娘を助けてください。でも、もし娘との年齢の差でつりあいがとれなければ、ウチにはもう一人（父）いますので、二人の命ではいかがでしょう」と頼んだというところで、生徒たちから笑い声が起きました。

そのあとシーンと静まりかえったのは、私と同じように、きっと親の愛情の深さを感じとってくれたのかもしれません。

一人ひとりの心に、一つの言葉でも話でも届きますようにという、祈りのような思いでいっぱいでした。講演が進んでいくにつれ、私と生徒たちの心が重なり、響き合うような瞬間を実感することができました。何にも代えがたい喜びでした。

「とてもよかったです。花マルでした」「感じることが、たくさんありました」

講演が終わったあと、人権教育課の方たちから返ってきた感想です。私の講演の内容が、その方たちの心に届くものであったならば、それまでのいきさつも意味があったということでしょう。

生徒たちも次々と控え室を訪れ、顔をほころばせながら、口々に感想を語ってくれました。うれしい訪問です。そのなかで、少し気になる二人の女子生徒がいました。一人は目を潤ませ、一人はうつむいたままです。「よし、それでは」と、その場でまた、励ましを込めたミニ講演をしました。自宅に帰ったあとも、生徒たちから相談のメールが送られてきています。

どの生徒たちも、自分と無縁な存在には思えません。いまをともに生きているという、温かなつながりを感じました。

最近訪れた旅の話をつづけます。

ある文化団体の主催で、私が韓国の各地を同行する旅の企画があります。四回目となる今回は、韓国を経由して中国東北部（旧満州）に位置する延辺《ヨンビョン》朝鮮族自治州を、四十人の参加者たちと旅してきました。

中国と北朝鮮との国境地帯にあり、州都は延吉《ヨンギル》です。中国の少数民族として、朝鮮族は二百万人にものぼるといいますが、そのうち約八十万人がこの地で暮らしているそうです。

どうしてそんなに多くの朝鮮族が、この地に住むようになったのでしょう。少し歴史を振り返ってみます。

それ以前からも、飢饉《ききん》に苦しむ朝鮮半島北部の人たちが中国へと渡っていましたが、多くの人が移住するようになったのは、一九一〇年の「日韓併合」以降のことだといいます（朝鮮半島南部の人たちは主に日本に渡り、〝在日韓国・朝鮮人〟という存在になりました）。

日本による植民地下、土地を奪われた農民や開拓団、独立運動家など、さまざまな人たちが、中朝国境を越えて、この地に足を踏み入れました。

一九一七年、この地で生まれたのが、尹東柱《ユンドンジュ》という詩人です。立教大学と同志社大学に留学した尹東柱は、留学中の一九四三年、朝鮮語で詩や日記を書いたことが問題視され、当時の治安維持法違反で逮捕されます。

そして、一九四五年二月十六日、八月十五日（日本の敗戦とともに植民地統治から解放された日）を迎えることなく、福岡刑務所で二十七歳の命を無残にも絶たれてしまったのです。

「序詩」という尹東柱の詩。韓国人ならだれでも暗唱できるほど愛され、親しまれている詩です。私も、この詩をおりおり思い浮かべて、心の糧にしています。その作者、尹東柱の生家を訪ねるのも、この旅の目的の一つでした。

バスを走らせて、尹東柱の生家と、彼が学んだ小さな学校の残っている場所へと向かいました。その地にたどり着くと、辺りに民家や人気《ひとけ》はまったくなく、零下十六度という寒気の中、一面深閑《しんかん》とした静けさに包まれていました。前の日に積もったという雪景色が見渡すかぎり広がっています。

雪を踏みしめながら歩いていて、ふと見上げると、白い大平原の上に大きな満月が浮かんでいました。そのあまりの輝きに息をのみ、しばらく動けませんでした。

透きとおった月の光に体中が照らされているようで、私自身が透けていくような感じがしました。私のいままでの人生で目にした、いちばん美しい月です。一緒に旅をしている人たちもそれぞれに雪の上に立ち尽くして、月を見上げていました。
そんな自然の中で育まれた尹東柱が著した詩、「序詩」を紹介します。

序詩

尹東柱

死ぬ日まで空を仰ぎ
一点の恥辱《はじ》なきことを、
葉あいにそよぐ風にも
わたしは心痛んだ。
星をうたう心で
生きとし生けるものをいとおしまねば
そしてわたしに与えられた道を
歩みゆかねば。

今宵も星が風に吹き晒《さ》らされる。

『空と風と星と詩　尹東柱全詩集』（伊吹郷訳・記録社・1984年）

伊吹さんの訳では「生きとし生けるものをいとおしまねば」となっていますが、「すべての死にゆくものをいとおしまねば」が、原文の直訳です。私はこの直訳の方に共鳴します。

この詩の一行一行が、私の胸に深く刻みこまれています。実際には、恥多き人生を送っている私ですが、死ぬその日まで空を見上げながら、これだけはという一点だけは、恥のないように生きていきたいと思っています。

「序詩」が書かれたのは一九四一年の十一月二十日だそうですが、この一文にペンを走らせている今日が十一月二十日です。思いがけない偶然でした。

時のなかに願いを込めて

この文章をつづっているのは二〇〇九年の師走《しわす》です。そして、また新たな一年がはじまります。来たるべき年は、一体どんな年になるのでしょうか。あれこれと思いをめぐらせてしまいますが、生かされていることへの感謝の気持ちを忘れず、一日一日を大切に積み重ねていけたらと思います。

いま二〇〇九年を振り返ってみると、その歳月の速さをあらためて痛感します。「光陰矢の如し」とは、よく言ったものです。「光陰」という言葉を『広辞苑』で引くと、「光」は日を、「陰」は月を表すと記されていました。そのまま文字どおりということでしょう。

手元にあったもう一冊の辞書、『新明解国語辞典』には、「再び元に戻ることの無い、時の流れ」という説明でした。ハッとさせられます。無常感をもったその言葉の意味が、現実味をともなって胸に迫ってくるようです。

時の流れのなかで生まれる出会いと別れ。新しい出会い、ご縁にも恵まれましたが、先に遠くへと旅立った、友人や知人たちとの今生《こんじょう》の別れもありました。思い出をたどりながら、反省や後悔の念がわいてきます。

あのとき、約束を果たしておけばよかった、もう少し会う時間をつくればよかった、もっといろいろな話を聞かせてほしかった……。

だれもが流れ去る時間とともに、限りある生を送っているのだということを思い知らされます。人に対しても、自分に対しても後悔がないように、心して丁寧に時を刻んでいきたいものです。

ここで一人、限られた時間を大切に生きている、ある方を紹介させてください。

「焼きもので家を作ろうと思っているんですよ」

以前から知り合いだった韓国の陶芸家、金九漢《キムグハン》さんから最初にそう聞かされたときは、あまりにも現実離れしている話に驚きました。

そんな荒唐無稽《こうとうむけい》とも思えることを金さんがやろうと決めた動機は、「セメントや化学物質で作られる建築物は、自然と人間にとっていいものではない。廃棄物になったときの自然への悪影響や、人体に及ぼす害を考えたとき、土ならば自然に還《かえ》るし、人体にもやさしいと思ったから」だそうです。

それならば、陶芸家として焼きもので家を作ってみようと、金さんのなかで夢が生まれたといいます。

その家も、壁や床といった部分を組み合わせるのではなく、まるごとの建造物を焼き上げるとのこと。金さんの構想を陶芸に詳しい人たちに話すと、「不可能だ」とみなさんが口をそろえました。土を乾かすことがまず難問だし、厚みを考えると、焼き上げるときに必ず割れてしまうというのです。

何よりも、そんな大きなものを、一体どうやって焼くのでしょうか。

ところが金さんは、一つひとつの難問を解決していったのでした。豊かな想像力と知恵をはたらかせ、熱工学や建築工学などを応用し、美術性も加えた〝陶の家〟を、ついに作り上げたのです。

自分の目で確かめたいと、韓国の陶芸の里、利川《イチヨン》を訪れました。小高い広大な公園の一隅に、美しい土塀が見えます。可愛い、赤い花模様が塀全体に細かく描かれています。

塀の中へ足を踏み入れたとたん、思わず息をのんでしまいました。二階建ての構造となっているその陶の家は、住居というより芸術作品で、外壁すべてに、彩り鮮やかな絵がなんと象嵌《ぞうがん》（陶磁器などに模様を刻んで、金・銀など他の材料をはめ込む技法）によって描かれているのです。

下の方には白い波がしぶきをあげ、その上には何本もの樹々が緑の葉を広げています。赤や黄色の花々が咲き、雲が流れ、てっぺんの煙突には陶製の鳥がとまっています。

外壁に見とれたあと、屋内に入ろうとして入口の戸を見ると、その上に大きな陶製の亀が乗っていました。朝鮮半島に昔から伝わり長寿の象徴とされてきた十長生《シプチャンセン》（太陽、山、松、雲、波、亀、鶴、鹿、岩、不老草）を、この「陶の家」に具現しているのだそうです。

屋内は五坪ほどの広さで、階段から物入れまでが、すべて陶でできています。明るい黄土色の壁の厚みは三十センチあり、出窓のような窓際は八十八センチにもなると聞き、驚嘆しました。

金さんは、どのようにして常識を打ち破り、不可能を可能にしたのでしょうか。

金さんによると、韓国中を歩いて探した九種類の土を混ぜ合わせて、どれほど厚みがあっても乾く陶土を作ったのだそうです。また、焼いたときの収縮率を減らすための苦心も実り、割れない陶土を作り出すことにも成功しました。

そのあとのいちばんの問題は、どうやって焼くかということです。金さんは家を包みこむように窯《かま》を作ることを思いつきました。それをまるごと焼きあげ、そのあと窯を壊すのです。しかし高さが九メートルにもなるその窯を、柱なしでどう作るかということが大変な難問でした。

その難問も、瓦を焼く百済《くだら》の技法からヒントを得て解決することができたときは、大きな喜びだったといいます。

一万個の円錐《えんすい》形のブロックをかたつむり状に積んで、巨大な窯を作りました。そしてそのブロックは、すべてあの花模様の土塀に姿を変えているとの話には、感嘆するばかりでした。

また驚かされたのは、この陶の家の壁が全部炭になっているということです。酸化↓還元↓酸化と、微妙な空気の送り加減で壁の内部を炭化させたという説明は、私の理解力を超えたものでした。陶の家も含めて、これも世界で金さんだけが成し遂げたことだそうです。

この陶の家を、金さんは「森羅万象還地本所」と名付けています。この世にあるものは地に還るという金さんの信条が、比類なき建造物から伝わってくるようでした。

豊かな想像力と創造性をもつ金さんですが、波乱に満ちた半生には、朝鮮半島の近代史が塗りこめられています。

金さんは、一九四七年、古の百済の都、扶余《プヨ》の地で七人きょうだいの三男として生まれました。日本による植民地下、独立運動に身を投じていたというお父さんは、金さんが十歳のとき病気で他界し、また長兄は幼くして亡くなります。

そして、八歳上の次兄も、ソウル大学の一年生だったとき、一九六〇年の四月に起きた「四月革命」(大統領選挙における不正に反発した学生や市民がデモを行い、当時の大統領だった李承晩《イスンマン》が政権の座を追われた事件)で、デモ中に軍の銃弾によって命を絶たれてしまいました。金さんが小学校六年生のときでした。

お父さんが亡くなったあと、先祖伝来の大きな家屋は差し押さえられたため、金さんは、ソウル市内のスラムの街で子ども時代を過ごしたそうです。街のなかには水道もなく、金さんは朝四時に起きて、家から遠く離れた水汲み場まで、水を汲みに通う日々だったといいます。

中学・高校は、授業料がかからず、奨学金を出してくれる唯一の学校、国立国楽院に入り、伝統音楽を学びました。そしてそのあと、金さんは、お兄さんと同じく、名門のソウル大学へと進みます。

金さんが学生時代を送った一九六〇年代から一九七〇年代の韓国は、朴正熙《パクチヨンヒ》大統領による軍事政権下でした。民主化を実現するため、学友たちとさまざまな抗議行動を起こした金さんは捕えられ、そのとき受けた拷問で手に痛手を負ってしまいました。

お話を伺ったとき、思わず「ひどいですね」と声をあげた私に、「拷問で命を奪われた友人もいるんです。手くらい、たいしたことではありません」と金さんは答えました。その言葉から、どれほど苛酷な時代だったのかが伝わってくるようでした。

横笛の奏者だったという金さんは、手の負傷でやむなく音楽の道を断念し、めぐりめぐった縁に導かれるように、陶芸の世界に入ったといいます。

現在、利川に工房を設け、弟さん、妹さんとともに作品の制作に励む日々です。そんな金さんのいちばんの願いが、次の言葉にこめられています。

「朝鮮半島の統一までがんばるのが、生き残った者の使命ではないでしょうか。東アジアを平和な地域にしていきたいというのが、私の一念です」

陶の家は、金さんの願いと志が熱い炎となってできたものにちがいないでしょう。

その金さんは、いま新たな作品に取り組んでいます。それは、韓国の慶州にある世界遺産、石窟庵の石仏です。仏教美術史上の最高傑作と評されている石仏で、私も以前拝観したことがあります。

東を向いた白い釈迦如来坐像が、陽光を浴びて輝くその美しさに、しばし見入ってしまったことを憶《おぼ》えています。

その石仏と同じものを、陶で作ってほしいという依頼を受けたのだそうです。そのために、まず、一から仏教を学んだといいます。多くの仏教書も読みながら、精魂こめて五メートル近い石仏（焼くと縮むので、三〜四メートルの実際の大きさに合わせて）の形を作り上げました。

五月には焼き上がる予定だそうですが、窯からどんな釈迦如来坐像がお出ましになるのか、楽しみにしています。

実は金さんは、陶の家を完成させたあと、大変な交通事故に遭われました。命が危ういほどの大ケガだったのですが、大手術を何度か繰り返し、奇跡的に回復されたのです。

「時間に限りがあることを痛感しました。この世で自分が尽くせることを、体が動かせるうちに、しっかりやっていこうと決意を新たにしています」

金さんが体験を通じて言われたこの言葉を、私自身も心に刻みたいと思いました。

話が変わりますが、前章で、中国の延辺朝鮮族自治州を旅したときの、心に沁みた情景をつづりました。その地でもう一箇所、強く印象に残っているところがあります。

琿春《フンチユン》という大きな街の郊外にある防川《パンチヨン》展望台は、三国国境が見渡せる場所です。その上に立つと、右手に北朝鮮、真ん中に中国、左手にロシアが、眼下に一望できます。その大平原には国境という線はなく、雲ひとつない吸いこまれるような青空の下、大地が洋々と広がっていました。

遠くにシベリア鉄道が走っているその大地の彼方には、思いがけず、一直線に伸びた真っ青な日本海が見渡せたのです。この地から、遙か日本までつながっているのを感じました。

大地に線を引いて争い合うことの無意味さを思います。朝鮮半島も含めて世界が平和になり、人々の心が安寧でありますようにと、新しい年に願うことは、やはりそれに尽きます。時がどれだけ速くても、時に流されることなく、時のなかに大切な願いを込めていきたいものです。

金さんとの出会いは、とてもありがたいものでした。今年はどんな出会いをいただけるのでしょうか。

ナントナク明日ガタノシミ

二〇一〇年を迎えました。アジアでは旧暦でお正月を祝う国が多いようですが、朝鮮半島もそうです。今年は二月十四日が元旦となります。ちなみに韓国の新年の挨拶は、「セヘ　ポク　マニ　パドウセヨ（新しい年の福をたくさんお受けとりください）」と言います。

今年の年賀状には、こんな言葉を載せて一文を添えました。

「ナントナク明日ガタノシミ」

これは生前ご縁をいただいた新内《しんない》（浄瑠璃の流派の一つ）の岡本文弥《ぶんや》さんが、九十九歳のときに、私に書いてくださった言葉です。百歳を前にして、こういう気持ちでいらっしゃるということが、実になんとも素敵に思えました。また、そのやわらかな表現に、心がゆったりと楽になるようでした。

外なる世の中の状況、内なる自分自身や身の回りの状態。外も内も、それらがいかに大変で困難があっても、悠々と明日に向かって歩んでいこう、より幸せな明日をつくるためと同時に、よりよい自分をめざして進んでいこうという、文弥さんからの励ましのように感じられます。

岡本文弥さんについては私の他の著書でもご紹介していますが、ご縁をいただくようになったきっかけは、九十八歳で発表された新作「ぶんやアリラン」です。

戦争中、日本軍の〝慰安婦〟とされ、むごく悲惨な体験を強《し》いられた朝鮮の女性たちのことを知った文弥さんが、女性たちにお気持ちを重ねて作られたといいます。

九十八歳というご高齢でありながら、新作を創造する情熱に感嘆するとともに、つらい目にあった人の痛みや悲しみを感じとり、思いやる感受性と想像力に感銘を受けました。

「ただ人間的に良心的良識的に生きたい、人を踏みつけにはしない、するのは許せないということですね」

無欲に徹することを長生きの秘訣とし、生涯を質素に生き、清貧を貫かれた文弥さん。百一歳で永眠されてから早や十四年が経ちましたが、残してくださった言葉は、いまなおいっそうの輝きをもって胸に響きます。

今年も、まもなく誕生日を迎えると、一歳を足すことになります。友人たちは年齢が増えていくことにマイナスのイメージを抱きがちですが、私はありがたいという思いでいっぱいになります。前にもふれたように、突然の大病に見舞われ、もう少しのところで、人生が「享年四十五歳」で終わるところだったからです。

一年という歳月は言うまでもありませんが、「明日ガタノシミ」と思える明日という日をいただけるというだけで、おまけか贈りものか、何かのご褒美《ほうび》をもらったような気持ちになるのです。

日々生かされていることを、感謝できるのも、あの大病のおかげでしょう。自分の身に起こることで、意味がなく、ためにならないものは何ひとつないと、あらためて教えられます。

また、私にとって年齢を重ねていくのが、楽しみな理由が他にもあります。

私には子どものころからの親友がいますが、お互いに無二の存在として支え合って成長してきました。本質的なところをとらえて見据える彼女の感性は、時に私自身が気づかない私まで浮かび上がらせてくれるようでした。

近くでずっと長く私を見つづけ、だれよりも深く理解してくれているその親友が、いつのときか、私にこう言ってくれたことがありました。

「キョンナムは、だんだん良くなっていると思うよ」

自分の内にある弱さや悪いものを、どうしたらいいのだろうかと悩んでいた私に、その言葉は何よりの救いでした。彼女がそう言うなら、間違いないだろうと思いました。わずかずつでも自分が良くなっていると信じられれば、希望がわいてきます。

さまざまな出会いから生まれるご縁や、日々の中にあるいろいろな場と出来事があってこそ、自分を育むことができるのでしょう。歳月とともに、少しずつでも自分を良くしていくことが私にとっての生きる意味であり、楽しみでもあります。

昨日より今日、今日より明日の自分を楽しみにしていこうと思っています。

年賀状に載せた「ナントナク明日ガタノシミ」という文弥さんの言葉から、話が長くなってしまいましたが、新年の初めにあたり、〝夢〟の話をつづけさせてください。

「夢は?」と問われると、「旅をすること」という答えが、真っ先に口をついて出てきます。旅は子どものころからの憧れでした。特に世界のさまざまな場所を訪れることができたら、どんなに幸せだろうと思っていました。

いまの私は、費用と時間と機会さえあれば、世界の国々を旅することは可能です。でも、ここに至るまでが、実は本当に大変でした。まず何より、海外に行くときに不可欠なパスポートを手に入れることが、とても難しかったのです。

学校の生徒たちへの講演で、「パスポートがなくて、日本から海外へ出ることができなかった」と話すと、生徒たちは一様に不思議そうな顔をします。申請をして手続きさえすれば、パスポートは取得できるものという常識があるからです。大人でも、同じような反応が返ってきます。

私の現在の国籍は韓国ですが、「韓国」籍になったのは私が大学生のときで、それまでは、国籍欄の記載は「朝鮮」でした。パスポートは国が自国民に発行するものですが、韓国政府発行のパスポートをようやく手にすることができたのは、三十代の終わりになってからです。それまでは、ずっとパスポートをもつことができませんでした。

少し歴史を振り返ってみたいと思います。一九四五年、日本が戦争に負けたと同時に、朝鮮半島は三十六年にわたる植民地支配から解放されました。当時、日本にいた朝鮮人の七割以上が故郷へと帰還を果たしていきましたが、残りの三割、約五十万～

六十万の人たちは、さまざまな理由から日本に留まる道を選んだのです。

二〇一〇年は、日本による「韓国併合」からちょうど百年目となりますが、過去の歴史の流れから日本で暮らすこととなった私のような在日コリアンの国籍は、「韓国」と「朝鮮」に分けられています。

「韓国」ならば韓国のパスポートをもつことができますが、「朝鮮」の場合はパスポートをあきらめるしかありません。なぜなら、日本において「朝鮮」というのは地域名を示しているだけで、正確には国籍を表していないからです。

それなら、なぜ「朝鮮」という名称があるのかというと、一九四七年五月二日に公布された「外国人登録令」で、在日のすべての外国人登録証の国籍欄に「朝鮮」と記載されたためです。

朝鮮半島にまだ正式な国家が樹立されてなく（一九四八年に南北それぞれに政権が樹立）、便宜的《べんぎ》に地域名を表す「朝鮮」を用語として使ったとされています。

その「朝鮮」を「韓国」に変える人が増えたのは、一九六五年の「日韓条約」以降のことです。日本と韓国が国交正常化を果たしたため、「韓国」籍になると日本で生活する上での環境が改善され、何よりパスポートを取得できるからです。

在日の九割以上の出身地は韓国にあります。その韓国を訪れるために「韓国」籍に変えた人が多いのですが、私もその一人です。パスポートを取って韓国に行きたいと、家族のなかで私だけが「韓国」籍に変えました。

ところが、それでもパスポートは取れませんでした。韓国は長く軍事政権下にあり、「韓国」籍であっても容易にパスポートを出してくれなかったのです。

パスポート取得をいつしかあきらめていた私にエールを送ってくれたのは、もう一人の日本人の親友でした。パリや香港などの海外旅行のおみやげをくれる彼女に、「韓国は二時間もあればすぐ行ける隣の国なのに、どうして旅行しないの？」と何気なく尋ねたら、次のような言葉が返ってきました。

「キョンナムが自分の国である韓国にいまだに行けないでいるのに、どうして私があなたより先に行けるのよ。パスポートを、がんばって取ってほしい。

私はがんの手術をしたから、いつまで生きられるかわからない。私がまだ元気なうちに、二人で一緒に韓国へ行こうよ」

親友のその言葉に後押しされ、パスポートを手に入れるため懸命に力を尽くし、とうとうパスポートを取得することができたのです。「大韓民国」とハングルで表記された、緑色のパスポートを手にしたときの感無量の思いを、いまでも昨日のことのように覚えています。

私はそのできたばかりのパスポートを握りしめ、親友と一緒に初めて韓国を旅することができました。まさに夢のような素晴らしい旅でした。彼女はそのあとがんの再発で他界してしまいましたが、私のパスポートには、親友の友情が沁みこんでいると思っています。

一回目の渡韓以後、もう数え切れないほど韓国を訪れています。子どものころからの夢だったパリを旅することもできました。他には北京と延吉、ニューヨーク、プラハ、ウィーンにも行くことができました。

パスポートに押されたスタンプを見るたび、「本当に私は海外に行くことができたんだ」と、しみじみと喜びを感じてしまいます。

両親は、一九五九年からはじまった帰国事業で、叔父さん一家が北朝鮮に渡ったため、叔父さんたちの立場をおもんぱかって「朝鮮」籍のままでいます。

現在は、「朝鮮」籍でパスポートがなくても、特例として旅行や留学などで日本を出国できるようになりましたが、以前はとても無理でした。父も母も幼いころに韓国の故郷を離れて以来、再び故郷の地を踏めたのは、数十年経った最近のことです。
「韓国」籍、「朝鮮」籍と二つに分けられるのではなく、一つになるそんな明日を「ナントナク明日ガタノシミ」と待ち望みたいと、百年という歴史の節目にもなるこの年に願います。

いろいろな思いがこもった私のパスポートをしっかり手にもって、明日は上海へと旅立つ予定です。

泣きながら生きて

大気や風の冷たさに冬のなごりを感じますが、少しずつやわらいでいく陽光が、春の訪れの近いことを知らせてくれているようです。

立春を過ぎた快晴の休日、友人に誘われて公園の梅林を歩いてみました。蕾《つぼみ》を抱き、花を咲かせた白梅や紅梅の一本一本の木。その下にたたずみ、惹きよせられるままに見上げたとき、視界に広がった光景は、すい込まれるような美しさでした。

自在に伸びた褐色の枝に、寄り添うごとくやさしい色合いの花が点在し、真っ青な空が透き間を一面にうめています。

自然界が織りなす、調和とバランスのとれたあるがままの姿、形は、なんと美しく素晴らしいものなのかと、息をのむばかりでした。

自然がもつ美しさにふれると、どんなことがあっても、この世は決して悪いものではないというポジティブな気持ちがわき起こってきます。

思えば子どものころから、目にするだけで私に生きる力を与えつづけてくれているのは、空や月といった大自然に、木や草花などの自然の存在です。包まれてともに在るという感覚が、生かされているという安心感につながっているのでしょうか。

さて、梅に話をもどしましょう。暖かさとともに華やかに開花する桜とちがって、梅は寒さの中で、静かに慎ましく咲いています。その凛とした清々しいたたずまいに、私まで身が引き締まるような感じがしました。

梅の木をながめながら、とても驚いたことがあります。木の幹がそっくり大きくえぐれてしまって、かろうじて少しの表皮しか残っていない痛々しい木がありました。根から水分を汲み上げるところは、どこにもまったくないように見えます。それでも、枝には白い花がしっかりと咲いているのです。

どんなに厳しい環境下にあっても、なおいのちを保ち、美しい花を開かせる梅の木の懸命さに心打たれる思いでした。

次に梅ならぬ、同じように心打たれた一つの出会いをつづってみたいと思います。

とは言っても直接その方とお会いしたわけではなく、映像の画面をとおしてなのですが、深い感銘を受けました。

二〇〇九年の暮れのことです。知人からぜひにと勧められたのが、都内の映画館で限定上映されていたドキュメンタリー映画でした。日本在住の中国人女性が十年間にわたって撮ったという『泣きながら生きて』という作品です。

実はこの作品は、二〇〇六年にテレビ番組として放送されたそうですが、そのときは残念ながら知りませんでした。

年末の忙しさにもかかわらず、映画館まで足を運んで観賞しようと思ったのは、一人の男子大学生の強い熱意で、その映画の上映が実現したと聞かされたからです。テレビ放送を観て感動したこの大学生は、ＤＶＤ化も再放送の予定もないことを知り、「この作品を、どうしても多くの人に観せたい」と願い、そのために尽力したといいます。

日本の若い人をそこまで駆り立てた作品とは、一体どんな内容のものなのでしょう。

主人公の丁尚彪《ていしょうひょう》さん。この方が、私が心打たれた方です。無学で貧しいご両親のもとに生まれた丁さんは、一九七〇年、十六歳のとき、当時の文化大革命によって上海から地方に下放《かほう》（都市部から地方へ強制的に移住させられること）されました。

そこは、中国でもいちばん貧窮した農村だったそうです。雨水を飲んで飢えをしのぐような日々のなかで、丁さんは同じく下放されていた女性と出会って結婚します。

その後、文化大革命が終わり上海に戻った丁さんでしたが、学ぶ機会を奪われたまま、大学受験のチャンスさえありません。未来は真っ暗だったといいます。そのとき偶然目にしたのが、日本語学校の案内書でした。

一九八九年、三十五歳になった丁さんは、日本で学んで大学に入りたいと、授業料など大変な借金を背負って来日します。しかし、その学校は、北海道の阿寒町の山あいにありました。炭鉱が閉山し、過疎化が進む町が協力して、日本語学校を誘致したのです。

働いて借金を返しながら勉学に励むつもりでいた丁さんでしたが、山あいの町に働く場所はありません。阿寒町がどんなところにあるのかを、まったく知らないで申し込んだのでした。

丁さんは借金返済のため、やむなく学ぶことを断念して、そこを離れます。そして、東京で工場、食堂と昼夜分かたず働きはじめました。帰宅は深夜になるため電車はなく、都電の線路を歩いて、築三十年の木造アパートに帰るのです。狭い部屋の壁には、上海を発《た》ったとき小学生だった一人娘の写真が貼ってあります。

生活費を最低限まで切りつめ、収入のほとんどを上海で暮らす家族に仕送りしながら、歳月が流れていきました。

丁さんの勉学への夢、それは、アメリカの名門大学への留学をめざす、高校生になった娘に受け継がれます。その留学費用のため、三つの仕事をかけもちする丁さん。皿を洗い、建築現場や工場で汗を流し、駅ではモップを手に清掃作業に精を出す姿が映し出されていました。

どれほど大変かと思うのですが、丁さんの顔はいつも安らかで、どんな仕事もありがたいと話すのです。子どものためという揺るがない信念と、自分ができることを一生懸命やるという精神力が根本にあるからこそ、穏やかでやわらかな表情が生まれてくるのでしょう。

年齢が高くなっても失業しないようにと、丁さんは日本語の読み書きを独習し、独学でいくつもの資格を取得していきます。ペンをもって熱心に勉強している部屋の時計は、夜中の二時を指していました。

映画化に尽力した男子大学生は、映像をとおして、丁さんから生きる勇気と励ましをもらったといいます。うまくいかないことを周りのせいにしていた自分を恥じ、親のありがたさにも気づいたそうです。

私の友人からも、テレビ放送で観たあと、自分の可能性を広げる一歩を踏み出したと聞きました。私にとっても丁さんは、そこに在るだけで生きる力を与えてくれ、その美しさに感銘を受ける自然界の木か花のように感じられます。

画面に戻りましょう。不法滞在になっている丁さんは、一時帰国をすることができないままです。家族と離れている状態がいちばん苦しいという丁さんが、八年ぶりに、ようやく娘の琳《りん》さんと再会を果たすときがきました。

ニューヨークの名門大学の医学部に見事合格した琳さんは、大学に向かう途中、日本での二十四時間のトランジット（乗り継ぎ時間）を利用したのです。

背が伸び、体がふっくらしてすっかり大きくなった琳さんのそばで、丁さんは幸せそうに笑みをたたえていました。琳さんも、身近で感じるお父さんの気遣いと愛情がうれしそうです。父と娘の八年間の空白が、一気に吹き飛んでいくようでした。

そして別れの場面。父が娘を見送ることができるのは、成田空港の一駅手前の成田駅までです。身分証明書の提示が求められる成田空港には、丁さんは行くことができません。琳さんを電車に残して、丁さんは成田駅のホームに降り立ちます。窓越しに娘を見つめる丁さんの頬には涙が流れつづけ、何度も手でぬぐいます。琳さんの涙も止まりません。

それからまた五年が過ぎました。今度は、ご夫婦が実に十三年ぶりの再会をします。妻の陳《ちん》さんは縫製工場で働き、夫の留守宅で娘を育ててきました。娘の琳さんがアメリカへ留学したあと、家族は三つの国に別れて暮らしてきたのでした。難しかったビザをやっと取得し、娘をアメリカに訪ねる途中、やはりトランジットで東京に立ち寄ったのです。

東京の観光名所をめぐるお二人の様子は、むつまじく温かさに満ちたものでした。琳さんのときと同じように、成田駅に電車が着くと、丁さんはひとり降りていきます。ホームと車内で、お互いに泣きつづける姿がありました。

それから二年後の二〇〇四年、とうとう、丁さんが日本を離れるときがきました。琳さんが医者になるまでに成長し、丁さんの役割がようやく終わったのです。中国に帰国する前に、丁さんがどうしても訪れたかったところがあります。それは北海道の阿寒町でした。

丁さんは、その後廃校になった日本語学校や、人気のない住居跡などを見て回ります。住居跡は、丁さんたち留学生が生活していたところです。丁さんの語る言葉が、胸に深く響きました。

「十五年前、ここに来たとき、人生は哀しいものだと思った。人間は弱いものだと思った。でも、人生は捨てたものじゃない」

学校と阿寒町の人たちにお世話になったことを、心から感謝しているという丁さんが、雄大な自然が広がる阿寒町の彼方に向かって、何度も深々と頭を下げていた姿が印象的でした。

そして、ついに帰国のときを迎えました。上海行きの飛行機の座席には丁さんの姿があります。窓の外を見ている丁さんの目がみるみる赤くなり、涙が頬を伝っていきます。一体どんな思いが丁さんの胸中を去来しているのでしょうか。

やがて飛行機が滑走路を走りはじめると、日本で過ごした十五年間の重みを感謝で表すかのように、丁さんは窓の外に向けて、じっと手を合わせつづけていました。

「背負った運命を嘆くこともなく、うらみごと一つ言うでもなく、自分の人生をグチることもなく……」

丁さんについて、こんなナレーションが流れていましたが、本当にそのとおりだと頷《うなず》かされます。

自分の人生を真正面から引き受け、どんな縁をも善縁にするために最善を尽くす丁さんの生き方。「梅は寒苦を経て清香を放つ」という禅語があるそうですが、どんなに幹が傷《いた》んでいても曲がりくねっていても、大地にしっかり根を張って、寒さの中でポッと美しい花を咲かせる梅の木の姿が、丁さんと重なって見えます。

丁さんの夢は、娘の琳さんに託されて花開きました。二十五歳になった琳さんは医学博士となり、アメリカの病院に産婦人科医として勤務しながら、研究をつづけているのです。最初に訪米したときの少女っぽさが消えて、琳さんは落ち着いた大人の女性になっていました。

「親は考えられないほどの努力をしてくれました。両親から受けとった重いバトン、その重さの意味を知っています。両親への恩返しは、たくさんの人の命を助け、救うことだと思います。私の夢は、人の誕生を助け、人を救うことです」

琳さんのこの言葉は、丁さんご夫妻にとって、どれだけ誇らしく、またうれしいことでしょう。

映画を観ながら、私自身も娘として、親への思いをあらたにしました。七歳で朝鮮半島から日本に渡ってきた父は、九十歳を過ぎても、家業の仕事場に毎日通っています。十歳下の母も同じです。父母がこの地で言葉に言い尽くせない苦労を重ね、〝泣きながら生きて〟ということが、きっと計り知れないほどあったことでしょう。

それこそ何があっても子どものためにと、一生懸命に生きて働いてきた両親。そんな両親に、私はどんな恩返しができているのでしょうか。両親からのバトンを受けとり、託されたものを私なりにどう花開かせていくのかを、これからも課題にしていきたいと思っています。

ところで話は変わりますが、一月の半ば、上海を旅してきました。この街のどこかに丁さんご夫妻がお住まいになっていると思うと、景色を見ていても雑踏を歩いていても、お二人の姿をふと目で探していました。もしも、いつの日か本当にお会いすることができたら、その後のお話を伺ってみたいものです。

一本の芋のつる

万物のいのちがいきいきと躍動する春を迎えました。色とりどりの花々が美しい季節です。花といえば、今年ではありませんが、お正月に生けた花が春まで咲いていたことがあります。

赤や黄色の花は順々に枯れていったのですが、ネコヤナギと白いヒヤシンスのような花に緑が豊かな松、そしてお正月用にと金、銀に塗られた細い枝が、なんと三カ月以上も目を楽しませてくれました。

数本の細い枝からは、金や銀の塗料を破って若芽が緑色の姿を現し、日に日に伸びていくのです。白い花は、やや下の方の色が褪《あ》せてきていたものの、しっかりと茎を張り、ネコヤナギも艶やかでした。

他の花が枯れてしまったときに、まとめて捨てなくてよかったと、つくづく思いました。生きつづけようとする命のきらめきが、まぶしいほどに感じられ、生命力のすごさに感嘆したものです。

毎年二月は、横浜にある私立小学校の六年生たちに講演をしています。卒業に合わせての講演会なのですが、子どもたちとの出会いが楽しみで、先日も心がはずむように響き合うひとときを送ってきました。私の言葉一つひとつに、豊かな表情で反応を返してくれる子どもたちを前にすると、いきいきとした命のきらめきを感じます。

同じように、ずっと通いつづけている保育園もあります。埼玉県桶川《おけがわ》市の郊外にある、いなほ保育園です。

周りの自然と溶けこむような広々とした園内で、たくさんの子どもたちが、のびやかに、それこそまぶしいほどの命を輝かせています。そんな子どもたちの姿にふれるたび、その躍動する生命力に感動をおぼえ、未来への希望を抱きます。

横浜の小学校もいなほ保育園も、共通しているのは、のびやかな教育（保育）環境を子どもに与えてあげたいという親たちの思いでしょうか。子どもが健やかに育ってほしいという願いと愛情を、ひしひしと感じます。先生や保育士さんたちから伝わってくるのも、子どもたちへの温かな思いです。

いなほ保育園の園長、北原和子さんが語ってくださった言葉です。

「幼き日のことは、人生の根幹に関わるいちばん大切なことです。子どもたちが将来どんな苦しいことがあっても、思い出せば心が温かくなる、そんな日々をここで送らせてあげたいと思います」

それは、どの子どもに対しても、私たちが望んでやまないことでしょう。幼き日を過ごす子どもたちが愛情に包まれ、心温かく成長してほしいと祈るばかりです。

子どもは親や自分の育つ環境などを、自ら選ぶことはできません。そんななか、親から受けた愛情を思えば、私自身は恵まれていたと思います。前章でご紹介したドキュメンタリー作品『泣きながら生きて』の主人公の娘さんも、大きな親の愛情を受けていました。

一方で、親の愛情が春の陽光のようなものだとするなら、その光と温かさを感じることができない状態におかれた子どもたちがいます。生まれながらの環境によって、さまざまな困難を背負わされている子どもたちが、一体どれだけ多くいることでしょうか。

大人の世界にも、恵まれる人と恵まれない人との差は、くっきりとあります。しかし、自分の力ではまだ生きられない子どもが、恵まれないまま、つらく苦しい状態のなかにおかれているのは、いっそう重く心にこたえます。

幼い子どもが親のむごい行為で命を失ってしまったという事件が、最近、相次いで報じられていました。食事を与えられなかったり、水すら飲ませてもらえなかったり、ひどい暴力を受けたり……。

そういった痛ましい事件を知るにつけ、耐えがたさに目も耳もふさいでしまいたくなります。その親の心の暗い闇と、荒《すさ》んで冷たく乾いた心のさまを思い浮かべると、途方に暮れてしまうほどです。子どもと親、どちらも貴重な命をいただいたのにと、胸が痛みます。

子どもが被《こうむ》る、はかり知れない不幸は言うまでもありませんが、そんなむごいことを子どもにしてしまう親の不幸にも気持ちを向けてみたいです。

親自身が、そのまた親からむごい扱いを受けていたという不幸の連鎖が見えてくることもあるでしょう。社会がそれらの不幸の原因を作っていることも、決して見落としてはいけないと思います。

それにしても、きらめくはずの命を、そんなひどい形で断ち切られた子どもたちのことを思うと、一体なぜなんだろうかと考えこんでしまいます。自分の生死をとおして、親の心の闇と荒みを気づかせるために生まれてきたということならば、あまりにも痛々しく、悲し過ぎるのではないでしょうか。

大人は数々の不幸をも人生の試練とし、不幸を乗り越えていくことも、どんな縁をも善縁に変えることができます。しかし、子どもの場合、そうはできません。

この瞬間も、戦争や飢餓、貧困、虐待などによって苦しむ子どもたちが、世界中にどれほどいることでしょう。大人にくらべて子どもの不幸には、私自身、大人の一人として責任のようなものを感じてなりません。

この出会いもそうでした。いま目の前にある一本の芋《いも》のつる。もうすっかり水分がぬけて、干《ひ》からびてしまっていますが、大事なものです。私に、このつるをくれたのは、小学三年生の女の子でした。

少し前のことです。近隣の小学校の校長先生から電話をいただきました。以前、私の講演を聴いてくださった女性の校長先生で、ぜひ一度学校を訪問してほしいというお誘いでした。地域に開かれている学校で、さまざまな企画をしているのだそうです。

せっかくのお誘いなので、おじゃまして校内を見学しました。校長室で給食をごちそうになっているとき、校長先生との会話のなかで知ったのが、その学校の児童のことでした。

母子家庭で、中学一年生のお兄さんと幼児の弟さんがいる一年生と三年生の女の子のことです。お母さんは育児放棄なのでしょうか、女の子たちはお風呂に入れてもらっていない様子で、衣類の洗濯もされていないといいます。

校長先生が女性らしい細やかさで気配りをしておられるようでしたが、子どもたちが食事も満足にとれていないという話には、胸がつまりました。幼児の弟さんは、あまりの空腹で道に倒れていたこともあったそうです。

ご自身は着飾ったお母さんをなんとか学校に呼んで、校長先生が話し合いをしたものの、効果はなかったとのことでした。

その女の子たちに、なんとか会いたいと思いました。ちょうど帰りの掃除の時間でした。校舎の玄関に下りていくと、下駄箱のところに、ほうきで下を掃いている三年生くらいの女の子がいました。すぐ、そのたたずまいから会いたかった女の子だとわかりました。

熱心に掃除をしている姿に、「えらいね、きれいに掃除して」と声をかけると、女の子からは、はにかんだような笑顔が返ってきました。一方の手に、小さなビニールをしっかり握っているので、「それは何なの？」と何気なく尋ねてみたら、ビニールを開けて見せてくれたのが、ほんのひとつかみの芋のつるだったのです。

学校の畑で芋掘りでもあったのかもしれません。とにかく芋のつるを握りしめているのです。「これね、食べれるんだよ」という女の子の言葉に、「そうだよね、お湯に入れて煮るといいんだよね」と答えながら、胸をつかれました。

いまの時代、この日本で、食べるために芋のつるを握りしめている子どもがいるということが、私にとって衝撃でした。

女の子はわずかな芋のつるから、「あげるね」と、私の手に一本の芋のつるを渡してくれたのです。「ありがとう。大事に食べるね」と受け取ったのですが、そのつるは、いまもずっと私の机の上にあります。

もらって帰った日、細い一本のつるを手にしながら、考えこんでしまいました。

〈私はいままで何をしてきたのだろう。私が文章を書き、本を出し、いくら講演をしても、お腹をすかせている子どもたちにとっては何の足しにもならない。私は本当に、

こんなことをしていていいのだろうか。一体何をするべきだろうか……〉

そう考えはじめると無力感すらおぼえ、いままで私のやってきたことが無意味にさえ思えるほどでした。また、芋のつるに衝撃を受けている自分を、とても恥ずかしく思いました。

その女の子だけでなく、満足に食事のとれない子どもたちは、それこそ日本中にいるでしょう。そんな社会の現実と子どもたちの存在を、私自身が見ているようで、見ていなかったということだからです。

そんな考えや感情に揺れながら、一本のつるを見ていると、渡してくれた女の子のやさしさがじんわりと伝わってくるようでした。そして、こんなふうに思ったのです。

〈私には私ができることがある。それを、いま自分が置かれている場で、ちゃんとやっていくしかない。たとえそれが、不幸のなかにある子どもたちの一人ひとりに直接とどかなくても、そういう子どもたちに思いをはせ、心を重ねることを決して忘れないようにしよう〉

人のやさしい気持ちや愛情をつなげ、広げていけたら、どれだけ心豊かで温かな世になるでしょう。そして命がそれぞれにきらめいたら、どんなにありがたく幸せなことでしょうか。

でもそれは、やさしさや命を傷つける社会の不公平さ、私たち大人の無関心と無責任をなくしていくことがあってこそだと思います。

女の子にもらった一本の芋のつるは、これからも私に大事なことを伝えてくれ、支えてくれるでしょう。

話はもどりますが、はじめて小学校を訪れたときに、一年生の妹さんにも、中学一年生のお兄さんにも会うことができました。妹さんとは、放課後の学童保育でともに過ごし、お兄さんとは、たちまちすっかり仲良しの友だちになってしまいました。

妹を迎えにきたというお兄さんは、小学校の低学年ほど体が小さくて、サッカーが大好きという少年でした。中学校は給食がなく、お弁当をもっていけないため朝から何も食べていないというお兄さんに驚き、校長先生に許可をとって、校外での食事会となりました。

日常的に、私がその子どもたちのそばにいることはできません。おりおりの関わりだけで、かえって良くないのではないかと案じたりもしましたが、そのあともいい縁につながったようです。

あるとき、私の詩画集『クレドサラヤジ――それでも生きていかなくちゃ』という本を、メッセージを添えてお兄さんにプレゼントしたら、詩画集の言葉をとおして、サッカー選手になりたいという夢を語ってくれました。

お母さんも一緒に読んで、「この言葉がいいね」と声をかけてくれたとのことです。お兄さんが、ほんとにうれしそうに私に報告してくれました。

見ず知らずの人が子どもたちを気遣っているということが、もしかしたらお母さんの心に少しの変化を起こしたのかもしれません。校長先生からは、お母さんからお礼の電話があったと聞きました。

「いままでにないことで、驚きました」と、校長先生の声ははずんでいました。二人の女の子の衣服がきれいになったということも、何よりのお知らせでした。

しばらくご無沙汰したままですが、お母さんとも子どもさんたちとも、ずっと縁をつないでいきたいと思っています。何より、私の手元には、一本の芋のつるがあるのですから。

生きとし生けるものがいきいきと躍動し、心温かく、平和な春を楽しめますように。

父の、ふるさとへの道

わたしのふるさとは　花咲く山里
桃の花　あんずの花　姫つつじ
色とりどりの花ごてんの村
そのなかで遊んだころがなつかしい

「故郷の春（コヒャンエポム）」という韓国の童謡（日本語訳）です。朝鮮半島の歌ではアリランが有名ですが、この歌は韓国で愛唱歌の一位にあげられるほど親しまれています。

私も、友人の歌声ではじめて耳にしたときは、目の前に絵のような光景が浮かんでくる歌詞と、美しいメロディーに聴きほれました。

だれにでも生まれ育った懐かしいふるさとがあるでしょう。私にとってのふるさとは、高校までを過ごした鳥取の地です。「うさぎ追いしかの山、こぶな釣りしかの川……」。小学生のときに習った唱歌ですが、作曲者が鳥取出身と知り、いっそう身近な歌になりました。

私がふるさとを思うと、鳥取の山や川、町並み、そして数々の思い出が甦ってくるように、両親、特に父にとっては、韓国の田舎の風景や幼き日々の情景が広がるといいます。二歳で日本に渡ってきた母はふるさとの記憶がないそうですが、物心がついていた父のなかでは、鮮やかな原風景となって残っているのでしょう。

現在、日本には朝鮮半島を父祖の地とする在日コリアンが、約六十万人います。そのなかで、時の流れとともに父のような在日一世は、とても少なくなってきているのです。

父は、一体どんな人生を歩んできたのでしょうか。そこには、在日一世である父なりの思いと、長く遠い道のりがあったことでしょう。それを、日本で生まれ育った在日二世である私が受けとめて、次へと伝えていかなければと思っています。

父の経《へ》てきた人生の一端をつづってみます。

父は一九一七年、日本の植民地となって七年後、古の新羅の都、慶州の山村で長男として生を受けました。祖父が先祖伝来の土地や畑を、すべて賭け事で失ってしまったため、慶州の中心地から逃げるように移り住んだ田舎だったといいます。

まもなく祖父は、ひとり海を渡って日本へと行ってしまい、そのあとを追って、祖母と七歳の父も海を渡りました。しかし祖父が日本でも賭け事を繰り返し、もめごとが絶えなかったため、一家はやむなく、韓国の故郷の田舎へと戻ってきたそうです。

しばらくすると、祖父は田んぼを売り、またもや日本へと向かいます。

残された祖母や父、乳幼児だった父の弟たちの母子四人は、食べることにも事欠き、牛の餌《えさ》にする豆の葉を口にして凌《しの》ぐほどの貧窮生活を送ったのでした。あまりの貧しさから、このころ弟二人を亡くす不幸にも見舞われました。

祖母と父は再び日本へと渡り、大阪にいた祖父のもとへたどり着きました。父は口減らしのため、商家に奉公に出されます。まだ小学生くらいの年齢だったでしょう。

同じ年頃の奉公先の坊ちゃんが学校に通っているのを見ると、うらやましくて仕方がなかったといいます。食事のとき、おかわりを遠慮してどうしても言えず、ずっと空腹をがまんしていたそうです。父が人に強くおかわりを勧めるのは、そういう体験があったからなのでしょう。

ほどなく別の奉公先で働き、お給金をもらえるようになったのですが、毎月、全額を祖母に送金しても、祖父が持ち去るのでした。奉公はとてもつらくて厳しく、夜になると祖母のいる方角に向かって、寂しさからよく泣きました。

強靭《きょうじん》な父からはとても想像できませんが、こんな経験も糧となり、どんなことにも耐えぬく力が、培《つちか》われたのかもしれません。

運転手になる夢を抱いていたという父ですが、それを現実のものにすることができました。学校で学べなかった父は独学で文字を覚え、十八歳で運転免許を、二十一歳で就業免許を手にしたのです。タクシーの運転手となり、神戸の街を走る若き日の父の姿がありました。

お金が貯まったとき、いつかは大学へ入って名を上げたいという大望を抱いた父は、友人たちに見送られ、東京をめざしたといいます。

ところがその旅立ちも、乗った列車内で所持金を盗まれ、憧れの東京の地に着いたものの、無一文でそのまま行き倒れてしまいました。それを通りすがりの人に助けられ、そこで働きはじめ……と、まるでドラマのように転回していきます。

その後も父の波瀾万丈の人生はつづきます。

太平洋戦争がはじまったころのことです。入隊を控えた酔っ払いの二人から、「チョーセンが酒飲みやがって」とからまれた父は、二人と揉《も》み合って溝に投げ落としたため、運悪くケガを負わせてしまいました。「チョーセン」という言葉で理不尽な目にあいつづけてきた父にとっては、がまんできないことだったのです。

当時、朝鮮人の父が兵隊を負傷させて拘束されたら、命の保障はありません。警察と憲兵から追われる身となり、土方をしながら、転々と九州全土まで及んだ逃亡生活を余儀なくされました。

このあと、戦争中のどさくさがあったのでしょうか、そのうち父は追われることから解放され、鳥取で朝鮮人の人夫たちと飛行場建設の仕事に就《つ》きます。ところが、朝鮮人ということで賃金が支払われず、父は人夫の代表となって受注元に掛け合いますが、ひどい暴力を受けて半死の状態になったそうです。

しかし、そのまま屈することがどうしてもできませんでした。抗議を決してやめなかったといいます。

「親からいただいた大切な自分自身を、朝鮮人という理由で不当に貶《おとし》められるわけにはいかない、親に対して申しわけがない」という、父の強い自尊心と、揺るがない信念を感じます。

戦後、鳥取に根を下ろした父は、秤《はかり》ひとつを置いて、母とともに鉄屑業をはじめました。そして私が生まれたわけですが、私にとって父は、ずっと怖くて煙たい存在でした。

子として父から受ける重圧は大変なものがあり、父の前では緊張し、敬語で話します。儒教も影響していますが、逆らうことは許されず、口ごたえをしたこともありません。

あまりの厳しさに父を鬼のように思ったり、縛りつけられることに反発をおぼえたりしたこともあったのですが、次第に、底を流れる父の深い愛情を汲みとれるようになりました。おかげさまで鍛えられ、自分を成長させることができたと、いまは感謝しています。

話を先に進めましょう。そんな父は、長い間、ふるさとへ帰る願いを叶《かな》えることができませんでした。父にとって、ふるさとへの道は、あまりにも遠かったのです。

日本で祖母が亡くなったあと、祖父は北朝鮮への帰国を決めました。長男である父に同行を命じたのですが、はじめて父は祖父のいいつけに背《そむ》きます。どうしても北朝鮮に不安を感じ、行きたくなかったそうです。

もし、そのとき父が祖父に従っていたら、私はかの地で育っていたでしょう。父は、私の将来も案じてくれたのかもしれません。

祖父にきつく責められる父を見兼ねて、たった一人の弟である叔父さんが、「自分が兄さんの代わりに行きます」と申し出てくれたのです。

一九五九年、最初の帰還船で、叔父一家は祖父とともに北朝鮮に渡っていきました。祖父はまもなく他界しましたが、叔父一家は子どもが増え、北朝鮮での生活を築いていきました。

父は、ぜいたくをいっさいしません。衣類も食事も驚くほど質素にしています。父の口グセです。

「自分の身代わりとなって、北の地で苦労している弟を思うと、自分だけがどうしてぜいたくができるんだ」

韓国のふるさとを訪ねることができないのも、叔父さんを気づかってのことでした。韓国のパスポートを取得するために、「朝鮮」籍を「韓国」籍に変えると、北朝鮮で暮らす叔父さんの立場が悪くなるのではと案じたからです。

父が祖父のお墓参りを兼ねて、十数年前にはじめて北朝鮮の地を踏んだとき、叔父と抱き合ったまま泣きつづけたといいます。あまりにも老けてしまった叔父の姿に、涙が止まらなかったそうです。

「朝鮮」籍でも墓参という名目で、パスポートがなくても特例として韓国に行くことができるのですが、そのとき叔父に了解をとった父は、韓国のふるさとを訪れる決意を固めました。

そして父は、私を連れて七十数年ぶりの帰郷を、とうとう果たすことができたのです。山つつじの美しい初夏の晴れた日でした。バスの便しかない辺鄙《へんぴ》なところだからでしょうか、歳月を経ても父のふるさとは、当時の面影を保っていました。

父はまるで子どもに帰ったかのごとく、山を登り、木をさすり、井戸の跡を探し、声をはずませていました。しばらくすると、ふるさとで、父が私にいちばん見せたかったところへと案内してくれました。

あぜ道を歩いてたどり着いたのは、とうとうと豊かに水をたたえた川です。私が子どものころから、幾度となく父に聞かされていたその川が、陽光を浴びてキラキラと輝いていました。

祖父が再び日本に行ってしまったあと、祖母は栄養失調から失明寸前になっていたそうです。心配で胸を痛めていた父が、通りかかった川で偶然見つけたのは、両手いっぱいの大きな黒い貝でした。

だれの目にもふれずに川底にあった貝を、父は川の神さまの贈りものにちがいないと思ったといいます。そして、それらの貝を澄まし汁にして祖母が口にしたら、祖母の目が見えるようになったと、いつも顔をほころばせながら語っていました。

父はその思い出深い川岸に近づくと、かばんからいつの間にか準備していた飴《あめ》の袋を取り出し、ひとつかみの飴を握りしめ、川に向かってパラパラと投げ入れました。ひとりごとのような、こんな言葉とともに。

「ヒョン（お兄ちゃん）、ヒョンって、二人ともあとを追いかけてきて可愛かったなあ。それなのに、飴の一つも食べさせてやれずに死なせてしまった。ごめんな。いまやっと、ヒョンがおまえたちに飴をあげられる。こんなにも、ここに来るのが遅かったヒョンをゆるしてくれ」

一歳や二歳で亡くなった、父の二人の弟がふるさとには眠っています。栄養失調と、病気で手当てができずに命を失ってしまったのです。

その弟たちへと、父の思いのたけが込められた赤や青、緑や黄の色とりどりの飴が、きらめきながら川の底に沈んでいきました。

父は川岸にしゃがみこむと、声をふるわせながら泣いていました。背中からも怖さが伝わってくる父ですが、その後ろ姿は小さな少年のようでした。

「アボジ（お父さん）、やっと、懐かしいふるさとへ帰ってこられてよかったね」

私は父の後ろから、そっと心のなかで声をかけていました。


いつのころからでしょうか。父は毎朝四時ごろ、身を綺麗に整えると、祖母の仏壇の前にじっと座っていました。座布団も敷かず、畳の上に直《じか》に座り、真冬でも暖房なしで。どんなに体調が悪くても、そうして、ただ黙々と座りつづけているのです。その場所だけ、畳がすり減ってしまうほどに。

さまざまな人生の長い道のりを歩んできた父にとって、それは自ら求めた自然な行いなのかもしれません。

父は日々、油に汚れた作業服を着て、車を運転し、仕事場に向かっていました。

痛い、つらい、苦しいという弱音を、父の口から一度も聞いたことがありません。父の人生のなかに、そういう弱音を封じてしまうほどの、痛さとつらさと苦しさがあったと想像するばかりです。

祖父が反面教師になったのでしょうか。汗して働き、家族を支えていくことの自負心は、どれだけ高齢になっても父の心棒になっていたようです。

「日本、韓国、北朝鮮と、それぞれ別れて暮らす家族が安寧であるように」「朝鮮半島が一つになって平和な時代が実現するように」「なに人であろうと、だれであろうと、貶められたり、理不尽な目にあわないように」……。

父の願いは、遠いふるさとへの、ひとすじの道とつながっているように思えます。

〝伝えたい〟という思い

「どうして、いまのようなお仕事をするようになったのですか」と、尋ねられることが時おりあります。文章を書くのが得意だったり、好きだったりしたわけでは決してなく、むしろ、いまだにとても苦手です。

自分でも、どうしてこんな苦手なことをと思うのですが、私のなかにある〝伝えたい〟という思いが、この仕事とめぐり合わせてくれたのでしょうか。

こうして文筆や、また講演などをとおして、伝える場をいただいていることは、本当にありがたく幸せなことだと思います。そのおかげで、さまざまな出会いとご縁をいただくようになりました。

この方、兵庫県にお住まいの西尾裕美さんとも、私の著書を読んで手紙をくださったことから、知り合うことができました。花模様が入った便箋《びんせん》に美しい文字で書かれた手紙でしたが、文面には心が痛み、なぜこんなことがと、他人事《ひとごと》にはできない感じがしました。

最初の一行目が、「息子が福知山線脱線事故の被害者となったことから……」とあり、そして最愛の息子さんを自死で亡くしたとつづけられていました。

同封されていた新聞記事や資料などによると、八年前、長男で高校一年生だった息子さんが、校則違反で謹慎処分を受けたあと、さらに厳しい処分がつづいたことが重圧となったのか、近くのマンションから飛び降りてしまったということです。

また、二〇〇五年に兵庫県の尼崎市で起きた、電車がマンションに激突して多くの死傷者を出したJR福知山線の脱線事故で、二男で大学生だった息子さんが、大変な重傷を負ってしまったのだといいます。

私の著書を手にされたきっかけが、一行目の文のあとにありました。事故の被害者となったことからJRの組合の人たちと出会い、その組合の冊子に私の著書の紹介があったそうです。

そして、その著書からはじまり、次々と他の著書も読んでくださって、ありがたい感想がつづられていました。特に、「心が温かくなる自信や、生きる望みをもてるものでした」という言葉は、著者である私には何よりの励みとなるものでした。

母親として、一体、どれほどの悲しみと苦しみがあったことでしょう。そんな耐えがたいほどのつらい体験をされたなかで、私が受け取った手紙には、私の方が力づけられる言葉が並んでいました。

「ほんとに辛い出来事の連続でした。でも、だからこそ素晴らしい人との出会いがあり、教えてもらった人の温かさや強さや、ほんとに大切なものや、計りしれないものがありました。

今は、その子供達に感謝しています。息子達が背負った使命、そして私に与えられた使命、重た過ぎる荷に逃げ出したくなる日々でしたが、〝乗り越えられない試練はない〟〝自分が選んだ人生なんだ〟と信じ、言いきかせながら、人とのつながりを大切に、元々の話し好き、人好きで前を向いて笑って泣いて生きてきたことで、今日の〝幸せ〟を思える日々がある気がします」

こういうお心をもたれていることに、明るい光を見るようでした。丁寧に、流れるようにしたためられた文字の行間から、西尾裕美さんご自身の温かさと強さを感じました。

「重たい話だと思います。返事を書かないと、と思っていただかなくて結構ですから」

手紙の末尾にそう追記されていましたが、そのお心遣いを受けとめながらも、「お返事を」と便箋を広げ、ペンを握りしめました。私にも同じように息子がいます。わが身に置きかえてみれば、あまりにも胸が痛みます。

さてペンを握ったものの、何をどう書いたらいいのか、便箋を前になかなか言葉が見つかりません。

西尾裕美さんの手紙には、「ぜひ一度、講演会に行かせていただくことができたらと、強く願っています。『いつか会える』を信じて」という一行がありました。『いつか会える』（毎日新聞社）という私の著書も、読んでくださったのでしょう。

しかし残念ながら、しばらく、私には関西方面での講演の予定がありません。それならば、いつか、私から裕美さんに会いにいけばいいと思いました。

〈言葉よりも、ただ手を握りしめることができたら、抱きあって一緒に泣くことができたら……〉。そんな気持ちをこめたお返事を出しました。

「辛い出来事の連続でした」という裕美さんが、「今日の〝幸せ〟」を思える日々を迎えるまでの道のりは、本当に大変なものだったでしょう。「辛い出来事」に正面から向き合い、それをむだにしないため、一身に力を尽くしてきたことが、送られてきた資料からもうかがえます。

そこには、ひとりの母親としての裕美さんの、〝伝えたい〟という思いが凝縮されているようでした。

西尾裕美さんが自費出版でまとめられた、『健司』という一冊の本。人間としても尊敬し、誇りだったという長男の健司さんの誕生から、十六歳で人生を終えるまでの日々が、あふれるほどの愛情でつづられています。

周りを気づかうやさしい性格で、友だちも多く、笑顔が絶えなかったという健司さんの掲載写真は、笑顔がこぼれんばかりの輝きに満ちていました。

飛びぬけて数学ができた県立高校の一年生だったとき、健司さんは期末テストの最中、隣の席の友人に答案を見せたのをカンニングとされ、厳しい処罰を受けます。親も学校に呼び出されて健司さんと同席し、停学処分を言いわたされます。

自宅謹慎期間中は、外部との連絡は一切禁じられ、毎日、反省の日記を書くようにという指導を受けました。自宅を訪れた先生からは、学校を揺るがす大問題で、開校以来の不祥事とまで言われたそうです。点検のため、先生たちの訪問は毎日つづきました。

お母さんである裕美さんは、「息子に非があったとは言え、未熟さゆえの軽はずみな行動には、責めるだけの厳罰ではなく、思いやりのある指導であってほしい」と願ったといいます。祖父母や両親に心配と迷惑をかけたことが、健司さんにとっては大きな心の痛みとなりました。

謹慎が解けたあとも、日記は延々とつづけるように言われます。ストレスがたまっていたという健司さんは、終業式の日、学校でたばこを吸っているのが見つかり、無期限の謹慎処分を課せられます。

先生たちには、人格を否定されるほどの叱責《しっせき》をされ、春休みに予定されていた家族や友人とのスキー旅行も許可されませんでした。

怒られて当然のことだったとしても、そのときの健司さんの心情はどんなだったのでしょう。想像すると、私の心もヒリヒリしてきます。

その九時間後の深夜、家族に知られずひとり家から出た健司さんは、かけがえのない十六年の人生に、自ら終止符を打ってしまったのです。

裕美さんの、母親としての後悔と自責の念は深いものがありましたが、学校の指導方針への疑問もぬぐえませんでした。まちがいを改めさせるのに必要なのは、重い罰則ではなく、愛情であり、教え育てる指導ではないかと思っていたからです。

「原因不明の自殺」とされた息子の死を、裕美さんは、そのままむだにはしたくないと思いました。生徒指導が原因の自殺というケースが、全国各地で少なからずあることを知ります。

そういう問題に取り組み、教員の指導を原因とする自殺を「指導死」として声をあげている会に参加して、進んで発言をするようになりました。遺族となった親たちとの交流も生まれたといいます。

健司さんが通っていた高校の先生たちとも、困難さが伴うなかで、ねばり強く話し合いを重ねつづけました。その結果、先生たちは、どういう指導が生徒のためになるかということを、徐々に考えてくれるようになったそうです。

当初は一周忌にも姿を見せなかった担任の先生も、お盆と命日には必ず自宅を訪ねてくれるようになりました。

「自分のなかで、健司さんが日に日に大きくなっていく」という担任の先生は、生徒への接し方や指導のなかに、健司さんによって気づかされたことが生かされているといいます。

裕美さんにとって、その先生が一人ひとりの生徒にいい教育を行うことで実りが広がっていき、それによって健司さんの死が生かされることになるのが、何より意味のあることだと思えるそうです。

そして、いまだに自分を支えてくれている健司さんの友人たちにも、命がどんなに大切なのかを感じてもらえたのなら、「息子の死が、生かされることにつながる」と、裕美さんは思っています。

「この子にまで先立たれたら、生きていけませんでした。健司が親孝行してくれたのかも」

裕美さんがそう語ったのは、尼崎で起きたJR脱線事故でのことです。

健司さんとは一歳ちがいの兄弟で、とても仲が良かった二男の和晃さんは、大学へ通学の途中に事故に遭ってしまいました。しかも、原形をとどめないほどに大破した二両目に乗っていたのです。車内だったら助からなかったといいます。

和晃さんは衝突の衝撃で外に投げ出され、血まみれになっているところを、幸いにも通りがかった車でいちはやく病院に運ばれました。ほんのわずかでも遅ければ、足を切断することになっていたとのことです。

三日後、意識は戻ったものの、全身を三十八針縫う大けがで、左足複雑骨折の手術が二回行われました。足を切断するという危険性もつづいており、運動をするのは一生無理だろうと医師に告げられたといいます。

草野球チームのピッチャーをしていた和晃さんは、どれほど絶望的な気持ちになったことでしょう。

ひどい痛みもあり、やけを起こす和晃さんの病室に、裕美さんは健司さんの遺影を持ってきました。和晃さんはその遺影を見て、「生きられなかった兄の分まで生きよう」という決意を思い出したそうです。健司さんに応援されている気がしました。

激痛に耐え、三年間にも及ぶつらいリハビリを経て、和晃さんは不充分ながらマウンドに立てるまでに、見事に回復を果たしたのです。

「あれだけの大事故から生還できたのは、兄が助けてくれたからだ」と和晃さんは言います。昨年、大学を卒業した和晃さんは就職をし、現在は福岡市で生活しているそうです。

百七名もの命を奪った脱線事故は、「日勤教育」を受けた運転士が、遅れを取りもどすために猛スピードを出したことが原因でした。「日勤教育」とは、ミスを犯した運転士などの再教育のことですが、一部では教育というより、懲罰的、暴力的な内容であったといわれています。

裕美さんはテレビのニュースで、やはり「日勤教育」に追いつめられた運転士が自殺し、そのことを運転士の父親が語っているのを目にしました。自殺した運転士と健司さんが重なったといいます。懲罰を与えるというやり方では、人命を大事にする運転士が育たないと思いました。

和晃さんが重傷を負った事故の教訓を生かしてほしいと、裕美さんは、他の事故の被害者とともに、JR西日本をはじめ、必要なところへ働きかけをしました。そのための集まりや勉強会にも積極的に参加しています。その行動力とバイタリティには、本当に感心させられるばかりです。

二男一女の母親で専業主婦の裕美さんですが、相次いだ「辛い出来事」から、それまで関心がなかった周りの社会のさまざまな問題点に、目を向けていくようになったといいます。

その後も私に送られてくる手紙には、私の著書をとおして知ったという、朝鮮半島の歴史や在日の問題への感想なども、しっかりと書かれてあり、いっそう励ましを受けました。

そして私は、「会いにいきます」の約束を果たすため、この五月の連休明けに裕美さんをお訪ねしたのです。

待ち合わせ場所である、兵庫のJR尼崎駅の改札口には、ひまわりのような黄色のブラウス姿で、明るい笑顔の裕美さんが出迎えてくれていました。

抱きあって泣くという私のイメージが的外れになったのが、なんだかうれしかったです。裕美さんのお姉さんと、娘さんご夫婦にも紹介され、ご一緒に、なごやかなひとときを過ごしました。

裕美さんから渡された名刺には、「全国学校事故・事件を語る会」と明記され、笑顔の健司さんの写真が貼ってあります。きっとこうして、裕美さんは、いつも健司さんとともにいるのでしょう。

持参した健司さんのアルバムを開き、娘さん夫婦の長男で五歳になったお孫さんが、幼いころの健司さんに似ていると顔をほころばせる様子が、実に幸せそうでした。

裕美さんから、心温まる話題がありました。和晃さんが、現在、親しくおつき合いしている女性の話です。事故後に運ばれた病院の看護師さんとのこと。和晃さんは、その看護師さんのおかげで、苦しいリハビリもがんばれたのだそうです。事故がめぐりあわせてくれた、素敵なご縁と言えましょう。

和晃さんから、昨年の母の日に届いた手紙には、こんな詩が添えられていました。

母さん　命を与えてくれてありがとう
自分を犠牲にして育ててくれてありがとう
ずっと我慢してくれてありがとう
心配していてくれてありがとう
生きていてくれて本当にありがとう
あなたが居てくれるから
僕は安心して飛んで行ける

だからもう頑張らないで
これからもヨロシクね

「辛い出来事」が続いた道のりの先に、「今日の〝幸せ〟」を見つけ出した裕美さん。〝伝えたい〟という裕美さんの強い思いが、前に進みつづける原動力になっているのを感じます。

今年の秋、私が同行する、韓国の歴史をたどる旅の企画がありますが、裕美さんとお姉さんも参加したいとの申し出がありました。私のなかにある〝伝えたい〟という思い。そのめぐりあわせが結んでくれたご縁でした。

虹色の空に蓮の花

梅雨に入るとともに、紫陽花《あじさい》の花を目にするようになりました。雨のしずくを受けた、うす紫や淡い紅色などのやさしい色調の花に、ふわっと心がなごみます。晴天よりも雨に濡れてこそ、紫陽花は、しっとりとつややかさを増すように見えます。そんなふうに他の花にも思いをめぐらせてみると、太陽の光を浴びてひまわりは輝きを放ち、コスモスは、風に揺れて可憐な風情を漂わせます。寒中にあるから、梅の花は凜としているのでしょう。それぞれの花には、その花と連なる自然環境がそなわっているのを感じます。

池や沼など、決して澄んでいない濁った水面に咲く蓮の花。そんな環境下で、どうしてあんなに清らかで美しい花を咲かせることができるのでしょうか。蓮の花を前にすると、自分の心まで浄化されていくような気がします。

親しくしているカンボジア人女性の友人がいます。姉妹のお二人ですが、彼女たち

を花にたとえるなら、きっと蓮の花でしょう。カンボジアには、こんな古い歌がある
そうです。

ぼくは小舟をこいでギッチラギッチラ　スイレンの花を採りに行く
スイレンよきみはとても不思議　だって腐った泥の中から
きれいな、いい香りの花を咲かせるんだもの

（ペン・セタリン訳）

お姉さんのペン・セタリンとはじめて出会ったのは、二十年以上前になります。私の住まいの最寄駅である、東京のＪＲ町田駅のそばにあった、「アンコール・トム」というレストランを訪れたときでした。ドアを開けたとき、素敵な笑顔で迎えてくれたのが、店主のセタリンです。

うれしいご縁でした。そのとき以来、ずっと友情を育んできました。セタリンをとおして、それまで遠い国だった彼女の母国、カンボジアが、私にとって身近なものになりました。

セタリンは首都プノンペンで、信仰心の厚いご両親のもと、八人きょうだいの長女として生まれ育ちました。プノンペン大学に入学後、二十歳のときに日本の文部省の国費留学生に選ばれ、一九七四年に来日を果たします。

このことが、彼女の運命を大きく左右しました。当時、戦乱のなかにあったカンボジアは、彼女が母国を発ったその翌年、ポル・ポト派が権力を握ったのです。

それと同時に、国立図書館の館長だったお父さん、教師をしていたお母さん、弟や妹たちの消息は途絶えてしまいました。

あるとき、お店でセタリンと話をしていたら、いつも明るい彼女が思わず声をつまらせたことがあります。ポル・ポト政権下、命を奪われてしまった、留学生試験に誘ってくれた友人や、国の未来を語り合った友人たちを思い出してのことでした。

この遠く離れた日本の地で、彼女は母国に思いをはせ、残してきた人たちの無事をひたすら祈りながら、日々を送っていたことでしょう。

そして、家族の行方を懸命に探しつづけているうち、弟二人と妹一人が生きていることがわかりました。ポル・ポト派が撤退したあとのことです。

いろいろな偶然が重なったおかげで、家族の安否を尋ねるセタリンの手紙が末の弟さんの手元に渡り、連絡をとり合うことができたのでした。三人のきょうだいは、セタリンのすすめに従ってタイの難民キャンプに向かい、そこからお姉さんが待つ日本へと旅立ったのです。

空港での六年ぶりの再会。飛びついてくると思っていた三人の反応はあまりにも静かで、セタリンは拍子抜けしたといいます。

ポル・ポト派の支配下では、笑うことさえできなかったという弟さんに、「笑うことも許されなかったの」とセタリンが驚きの声をあげると、「笑うと倒れて死んじゃうからね。笑うって体力がいるんだよ」という言葉が返ってきたそうです。

あとで妹さんの話でもふれますが、いかに極限の状況を強いられていたかということでしょう。他の家族の消息は、とてもつらいものでした。お父さんは行方不明のままで、お母さんと四人の弟や妹たちは亡くなっていました。

一九六〇年にはじまったベトナム戦争により、カンボジア国内にもアメリカの爆撃がつづきました。そんななか、クーデターによって親米政権ができるのですが、それに対抗して現れたのがポル・ポト派です。ポル・ポト派が政権を握っての四年間、カンボジア国内で、二百万人以上の人々が犠牲になったといわれています。

きょうだい三人を日本に迎え入れたとき、セタリンはまだ大学院生でした。卒業後は福祉施設で働き、そのあと、「カンボジアの料理や文化の素晴らしさを伝えたい」と「アンコール・トム」を開店させました。そこを拠点にして、自分ができることをやっていこうと、セタリンはさまざまな活動を繰り広げていったのです。

それまでなかった日本語―カンボジア語辞典をまとめ上げ、母国の子どもたちのための識字表や教科書を完成させました。

当時、カンボジアでは地域によって教科書が異なり、それぞれに対立している勢力を滅ぼすことを教える内容になっていました。それらを目にした彼女は、これではいけないと痛感したといいます。

再び争いの種を子どもたちの心に植えないようにと、セタリンが作った教科書は、愛や平和の大切さを学ぶ内容にしたのです。

NGOの支援組織を誕生させ、カンボジアの地に学校や移動図書館も作りました。彼女のもとに寄せられる日本の絵本や童話に、カンボジア語の訳が付けられて、図書館の本になっています。

また、日本文学の名作、芥川龍之介の『蜘蛛の糸』や『杜子春』、菊池寛の『恩讐の彼方に』などを、セタリンがカンボジア語に翻訳し、母国で出版しました。これらの作品は、カンボジアの人たちが昔から親しんできた仏教説話と重なるのだそうです。

本来、信仰心の厚い仏教徒であったはずなのに、戦乱やポル・ポト支配下で心が荒《すさ》んでしまっている人たちが、自ら気づいて大切な心を取り戻すことを願って翻訳したのだといいます。

大事な家族を奪われ、美しい母国を暗黒にされたセタリンですが、しかし、ポル・ポト派の人たちへの憎しみや怒り、ましてや復讐といった言葉を彼女の口から聞いたことがありません。

タイやベトナムなど隣国の圧力、中国やアメリカといった大国の思惑に翻弄《ほんろう》されてきたカンボジアの歴史と現実を踏まえて、彼女なりに、ポル・ポト派を客観的にとらえているように思えます。

セタリンはその後、NGO活動をつづけながら新たに大学院に通い、「カンボジアと日本の仏教説話の比較研究」という博士論文をまとめました。その力作は、カンボジアの仏教説話についての貴重な文献と、評価を得ています。

二〇一〇年の秋からは、プノンペン大学で定期的に教鞭《きょうべん》をとるというセタリン。

留学生仲間だった夫と成人した娘さんを日本に置いての赴任ですが、母国の教育に貢献したいという留学の志が、三十数年の歳月を経て、蓮の花のように開いたと言えるでしょう。

以前より、セタリンは母国に女性のための自立センターを作って運営してきましたが、近い将来には女性が学べる大学をと、少しずつ準備を進めているといいます。決して丈夫ではない細い体の、どこにそんなパワーがあるのだろうかと感心するばかりです。一人のカンボジア人として、母国（の人たち）を慈しむ思いが、きっと大きな源になっているのではないでしょうか。

セタリンは、ポル・ポト派支配のカンボジアを直接体験することはありませんでしたが、きょうだいたちは、その真っ只中にいました。当時十歳だった四女のポンナレットもその一人でした。

ポンナレットとの初対面も、やはり「アンコール・トム」でした。妹と一緒に働ける場所にしたいというセタリンの望みもあって、当初は彼女もお店にいたのです。

二十代になっていた彼女は、背がスラリとして、大きな瞳が印象的な女性でした。

明るさがいつも輝いているセタリンの横で、静かに笑みをたたえているポンナレット。しかし話すと、はっきりとした口調で、芯の強さを感じさせました。

十六歳で渡日した彼女は、神奈川県の小学校の四年生のクラスに入ります。十歳のとき、ポル・ポト政権下で学業を中断させられていたからです。六年生になって卒業式を迎えたのを〝難民少女も卒業〟と、新聞社が地方版の記事にしました。

それを目にした隣町の日本人の男子高校生から、励ましの手紙が届いたそうです。運命の出会いでした。文通からはじまった交際がつづき、彼女はその彼と、めでたく結婚をしたのです。

一男一女に恵まれ、カンボジア語の教室を開いたり、民族舞踊を身につけて披露したり、内も外も充実して幸せそうなポンナレットの姿を見ると、私まで幸せを感じました。

そんな現在の彼女からは想像もつかない、カンボジアでの地獄のような体験談にふれたとき、心が凍りつくような強い衝撃を受けました。

以前、セタリンが著した『私は〝水玉のシマウマ〟』（講談社）というエッセイのなかに、ポンナレットからの伝聞によって書かれたくだりがあります。それも衝撃的でしたが、そのあとポンナレット自身がつづった『色のない空』（春秋社）という本を読んだとき、人間がもつ底知れぬ悪意と、際限のない残虐性について考えこんでしまいました。

カンボジアだけでなく、どの地域でも、どの時代でも、人間によって同じようなことが起こりつづけています。人間である私自身、自分はひどいことをしない、間違いを犯さないと思いこむことなく、内面をつねに確かめ、見つめていかなければと思うのです。

強制移住させられた村での住民たちによる、心を粉々に打ち砕くようないじめ（悪意）や、栄養失調のままのひどい強制労働とマラリア。

何よりも幼いポンナレットの生きる希望を奪い、彼女を絶望と悲しみのどん底に突き落としたのは、体力がなくなったお母さんと妹、お姉さんが知らない間に連れ去られ、二度と会うことができなくなってしまったことでした。

極限状態のなかで感覚を失ってしまい、空の色も見えなくなったといいます。しかし、ポンナレットが再び書き上げた近著のタイトルは『虹色の空』（春秋社）です。一体、彼女にどういう変化があったのでしょうか。本のなかからその答えを探してみたいと思います。

家庭の主婦として平穏な日々を過ごすなか、原因不明の苦しみに襲われたポンナレットは、ある夜、怖い夢を見ました。バラバラになったお母さんとお姉さん、妹の遺骨が無惨な姿でむき出しになっていたのです。

「お願い、早くここから救い出して」という悲痛な叫び声が聞こえました。

その日以来、ポンナレットの心はお母さんたちをはじめ、同じ場所で集団虐殺された人たちへの慰霊をしたいと、強く思うようになったといいます。

そして、彼女のその強い思いに動かされた周りの人たちの助けもあり、二〇〇五年の十月、ついに慰霊の旅を実現することができたのです。

ポンナレットやお母さんたちがいた村での犠牲者は、七千人にのぼるという村の人の証言があります。慰霊をするためには村の人たちの協力が必要ですが、そこに暮らしている人たちの多くは、かつての加害者です。なかには、お母さんたちに手をかけた人もいるかもしれません。

それでも彼女は、仏教の教えである「憎しみを取り払うには憎しみをもたないこと」を実践したいと思いました。

二度と足を踏み入れたくなかったという恐怖の村の入口に入ろうとしたとき、ポンナレットは胸の痛みに襲われ、涙があふれ出てきたそうです。お母さんたちの遺骨は見つからなかったものの、土の下から掘り出した小さな遺骨の供養が、僧侶のもとでとり行われました。

元ポル・ポト派の村民もたくさん参加して、ともにお経を唱えたといいます。村民たちにとっても、それは、待ち望んでいた供養でした。

そして次の日、七千人の犠牲者たちへの慰霊儀式（お葬式）です。カンボジアでは両親の葬式には剃髪《ていはつ》をするそうです。頭を綺麗に剃《そ》ったポンナレットの姿がありました。その慰霊をとおして、彼女は大切な家族の死をようやく受け入れることができたといいます。

このあとも再びカンボジアを訪れたポンナレットは、慰霊塔をプノンペンのお寺に建て、七千名の納骨儀式を行いました。三十年目にして、彼女自身がやっと心の安らぎをおぼえたのでした。

最近、ポンナレットに会ったとき、「キョンナムさん、加害者たちと一緒に慰霊をして、あの人たちを赦《ゆる》したらね、それからほんとに楽になったのよ。争いや憎しみのない平和な世界を求めていこうという気持ちが、あらためて湧きおこってきてるの」と、やさしい笑顔を見せてくれました。

色のなかった空が、いまは平和への祈りをこめた虹色の空になったそうです。

セタリンとポンナレットの、加害者を赦すという気持ちには、憎しみの連鎖を断つという願いがこもっているのを感じます。それは加害者の罪をないものにするのではなく、加害者が、どう自分と向き合うのかを問うものにちがいありません。

セタリンとポンナレットが咲かせる蓮の花は、カンボジアの人たちが求める、慈悲と平和の花と言い換えてもいいような気がします。

民草の願い

今年も猛暑の夏を迎えました。頭上に照りつける灼熱《しゃくねつ》の太陽をなるべく避けたくなりますが、炎天下にあって、なお勢いよく生い茂っている夏草を、あちこちで目にします。我が家の小さな庭にも、いつの間にか夏草が伸び、緑色を光らせながら風にそよいでいます。

庭で草むしりをするとき、きまってふと思ってしまうことがあります。どの草にも、それぞれ名前があって独自のものなのに、不要な雑草とひとくくりにして引き抜いていることとです。愛《め》でられるお花や他の植物とくらべ、どうして差をつけられるのかと、草の身になれば理不尽この上ないでしょう。

また、根ごと引き抜くたびに、草の生を奪っているのが感じられて、心がわずかながらも揺れ動きます。しかし、そんな私の心の揺れなど、たちどころに吹き飛ばすほどの逞《たくま》しさで、新たな根を張って増えつづける草の強い生命力には、圧倒されるばかりです。

民草《たみくさ》という言葉がありますが、辞書を引くと、「人民」と記されています。韓国(朝鮮)語にも民草はあり、ミンチョと発音し、その意味は同じです。草という響きには、民と共通するものがあるということでしょうか。

『広辞苑』を開くと、「民のふえるさまを草にたとえていう語」という説明も記載されていました。民である私たちと、草の生命力が重なって伝わってくるようです。

しかし、その存在が草のようにむしり取られたり、無残に踏みつぶされたりすることがあるのを、こういう話を聞かせてもらうと身に沁みて感じます。親しい友人が語ってくれた、彼女のお舅《しゆうと》さんの戦争体験です。

お姑《しゆうとめ》さんが亡くなられたあと、岡山県の山村でずっと一人暮らしをされていたお舅さんですが、二〇〇六年、八十七歳で他界されました。毎年、お盆には東京から一家で訪れていた〝嫁〟である友人に、老齢になったお舅さんは、それまで封印していた戦争についての話を、少しずつ語ってくれたといいます。

戦争が日本の敗戦という形で終わってから、二〇一〇年の八月で六十五年になります。私もそうですが、戦後生まれが増えていくなか、戦争の時代を体験された方たちが語られる言葉が、いっそう貴重なものになるように思えます。

質朴で寡黙《かもく》だったという友人のお舅さんが残された言葉。直接にではなかったのですが、彼女をとおして聞かせていただくことができ、ありがたいと思っています。それを伝えさせてください。

お舅さんである義父は、一九一九年、岡山県の奥深い山間僻地《へきち》で生まれました。十人きょうだいだったものの、長男である義父を入れて三人しか成人しなかったそうです。

義父のお父さんは病で他界し、義父はお母さんと、わずかな畑を耕やしてようやく食いつなぐ日々でした。そんなときに、赤紙の召集令状が送られてきました。

中国での戦争を拡大させ、一九四一年一二月八日、日本は、イギリスとアメリカに対する太平洋戦争へと突入していったのです。

訓練を受けて関東に移動した義父は、そのまま朝鮮半島から中国、そしてインパール作戦で知られたインドへと、義父の言葉を借りれば、「どんどん遠く、どんどん奥へ」行かされていきました。

終戦後は二年間、ビルマ（現在のミャンマー）で捕虜となり、郷里に帰還を果たしたのは、召集されてから九年後のことでした。

当時、戦死とされた兵士のご遺族のところに届けられた白木の箱には、石や紙などが入っていたと聞いたことがあります。義父のお母さんにも、息子さんの戦死が告げられていたといいますから、石のようなものが、やはり届けられていたのでしょうか。

それにしても、遠い異国の地で戦死したはずの息子さんが家に帰ってきたとき、お母さんはどれほど驚き、また喜ばれたことでしょう。あとで少しふれたいと思いますが、インパール作戦は非常に無謀な作戦で、多くの戦死者を出し、生還できた人は極わずかだったそうです。

二十代のすべてが戦争だったという義父ですが、生きていたからこそ、結婚をして子どもをもつことができました。私の友人はそのお子さんの一人と結ばれ、その結果、友人夫婦の子どもたちもこの世に誕生することができたのです。生か死かの違いは、あまりにも大きいと言えるでしょう。

一つの生命が、また次の生命へとつながっていくことのありがたさ、そして不思議さに、あらためて思い至ります。

話をもどしましょう。当初、義父が配属された部隊は、事務方の雑務でした。それまで学ぶ機会がなかったという義父にとって、そこは学舎《まなびや》のようだったそうです。

測量やガリ版文字、英語に短歌まで、戦争であるのを忘れるほど、義父にとっては充実した日々でした。青春期、身につけたいちばん良い服が軍服で、軍服姿の写真が、若い義父の唯一のものになったといいます。

思い出すのもつらく苦しい戦争体験の一隅にも、木洩れ日が射すような感じです。しかし、戦場での日々は、アジアの人々を欧米から解放するという戦争の大義名分とは、まったく真逆のものでした。生活に必要なものは現地調達と言われ、「その地を荒らす、盗賊そのものでした」と、義父は振り返ります。

「海を渡った者にとって、逃げ場も隠れ場もありません。侵略した地が安心の場になど、なるはずもないです。婦女子でさえ、恐ろしい敵に感じられて、殺《や》らねば殺《や》られるという恐怖が消えたことはありません」

現在も、世界でつづいている戦争。イラクやアフガニスタンに派兵されたアメリカ兵が報道番組で、「動くものは、たとえ子どもでも敵に思えて銃を発射した」と証言していたことを思い出します。

まさに人が疑心暗鬼の塊《かたまり》となってしまうというのは、このことでしょう。こういう状況に人の心を追いこむのが戦争の悪であり、恐《こわ》いところだと思えてなりません。

友人に、「お義父さんも、戦地で人を殺したことがあったのかな」と、思わず聞いてしまいました。彼女は、とてもそんな問いを口にして、義父に尋ねることはできなかったといいます。戦場での体験のなかには、決してふれられたくない、話したくないというものがあることを、義父の様子から彼女は感じていたそうです。

人間を極限状態にしてしまう戦争は、平時に生きる私たちの想像をはるかに超えたものでしょう。

東インドのインパールを攻略するために、日本陸軍によって計画されたインパール作戦。インドに駐留するイギリス軍のビルマへの侵攻を阻《はば》み、インド領内に足場を確保する目的があったといいます。しかし、補給をまったく無視した非常にずさん極まりない計画で、歴史的な大敗となりました。

一九四四年の三月から六月までつづいたこの作戦により、日本軍八万六千人のうち、戦死者三万二千人、ほとんどが餓死といわれる戦病死者は四万人以上とされています。合わせて七万二千人、実に九割近くが命を失っているのです。

武器や食糧、医薬品などの補給が絶たれたまま、険しい山岳地帯で激しい戦闘が繰り広げられました。そこには、一体どれほどの悲劇があったことでしょうか。

義父は命令に従って懸命に進軍し、置き去りにされないようにと必死だったそうです。口には出せなかったものの、「生きていよう、生きていよう」と、念仏のように唱えつづけていたといいます。その一念が、義父の命を救ったのかもしれません。

戦争が終わる直前のころのことです。敵に周りを囲まれて、力尽きた義父は倒れ伏し、ほとんど虫の息でした。義父を含む動けなくなった多くの日本兵が地面に横一列に並べられて、「死んでる、死んでない」と分けられながら、次々に穴に落とされていきました。

かすかに意識があった義父は、かかとを小刻みに動かして、必死に這《は》い出たといいます。頭の上で、「こいつ、生きているようだ」という日本語が聞こえたそうです。通訳の言葉だったのかもしれません。生と死が、まさに紙一重の瞬間でした。

病院に送られた義父は、そこで敗戦を迎えます。そして、そのまま、ビルマで捕虜生活を余儀なくされました。後に知ったシベリアに送られた人たちの処遇にくらべると、その待遇は良かったと感じられ、当時の日本国内よりも医療や食事に恵まれていたように思えました。

「こんなにも余裕のある大国を相手に戦うなど、あまりにも無謀すぎて無知すぎて、蛮国、蛮民、蛮行が悔やまれて苦しみました」

義父は友人にこう語ったあとも、「蛮国、蛮民、蛮行」という言葉を何度も繰り返していたそうです。文字どおり「野蛮な国、野蛮な民、野蛮な行為」という意味なのですが、新明解国語辞典を引くと、「蛮行」には次のような説明も付け加えられていました。

「無抵抗な者や弱い立場の者に対するいわれない乱暴な行い」。まさしく戦争をよく言い表しています。戦地で、義父ご自身が実際に体験されたことでしょう。「悔やまれて苦しんだ」という義父ですが、いくら時が過ぎ去っても、戦争がもたらした心の傷は消えませんでした。

あの戦争がどうして起きたのか、なぜ止められなかったのか、もっと早く終結させることはできなかったのか、その原因を解き明かし、戒めとして私たちが胸に深く刻みこまなければ、再び同じ道を歩んでしまう恐れがあります。

かつて、「無謀すぎて無知すぎて」戦争を防ぐことができなかったのなら、現在を生きる私たちは、無謀なことをしないように、無知にならないように、しっかりと心がけていかなければと思います。二度と、決して戦争を起こさないために。

戦地から帰還を果たした義父にとって、亡くなるまで気にかかっていたものがありました。ビルマの収容所で、戦犯判決を待つ人から託されたものです。

とても小さな文字でびっしりと、日本で待つ家族への思いや遺書、辞世の歌をつづった紙が、小指の先ほどにまるめてありました。それを、看守の目を盗んで、義父とすれ違うときに投げてよこしたといいます。その小さくまるめられたものを、義父は小石かと思ったそうです。

つねに厳しい持物検査があるので、義父はそれを靴底に隠しつづけ、日本に持ち帰りました。しかし、住所は書かれていたものの、ご家族に渡すことも捨て去ることも、とうとうできませんでした。

託した人が生還されたのか、それとも死刑に処せられたのか、その事実を知るのが怖かったからだといいます。ただ、ビルマの収容所にいたとき、せめてこの紙だけは、なんとしても日本の地に持ち帰ってあげようという気持ちは、強かったそうです。

義父は、汚れもあった小さな紙につづられた文を、そのままでは文字が消失してしまうのではと案じ、他の紙に清書して保管していました。友人は、義父が亡くなる一年ほど前に、その清書したものを見せてもらったといいます。

大切にしまってあったお線香の箱の中から、義父が取り出したのは、小さく巻かれたおみくじくらいの紙でした。持ち帰った現物ではありませんでしたが、それとまったく同じ大きさの紙に、義父は細かい文字で書き写していたのです。まるめてあったのも、戦地で受け取った形のままにしておきたかったからでしょうか。

友人が目を通した文面には、ご両親に対して親孝行ができなかったことを詫びながら、こんなことも書かれていたそうです。

「父上様、母上様、自分は良心に恥じるようなことはしなかったです。人を殺《あや》めてはおりません……」

戦犯としてのご自身の潔白を、ご両親に知らせたいという思いがあったのでしょう。

弟さんへは、「両親を頼む」という一筆があり、東京の板橋のご住所が記されていました。友人は義父に、「お義父さん、住所が書いてあるので、ご家族に渡した方がいいのではないですか、市役所に届けたらどうでしょう」と問いかけたといいます。

友人にご自分が書き写した紙を見せるときから義父は正座をし、手をひざに置き、ずっとうつむいていました。友人が問いかけると、「ええんです、ええんです、渡せません」と泣きながら、強く頭《かぶり》を振ったそうです。

そんなにも、それを渡すことを頑《かたく》なに拒む義父。その心の底をのぞくことはできませんが、友人は義父に接するなかで、感じとるものがいくつかありました。

前述した「託した人が生還したのか、それとも死刑に処せられたのか、その事実を知るのが怖かった」ということも理由にあげられますが、「紙」を持ち帰ったことが軍の命令（規則）に反した行為である、という軍規違反への恐怖があったようでした。軍隊で、骨身に刻みこまれた恐怖と言えるかもしれません。

また、義父は自分が捕虜になったのを「裏切り者」のように思っていたそうです。「ずるいことをして生き残った」と自らを責めていました。友人は、義父に「悲惨な戦争を背負って、想像がつかないほど深い傷がある」のを感じたといいます。

平時を生きる私たちには計り知れない、心の痛みと葛藤が義父にはあったことでしょう。八月十五日がくると、義父が、いつも大切にしている箱を、開けたり閉めたりしていたのを友人は記憶しているそうです。きっと、取り出した紙を広げて、ひとり読み返していたのかもしれません。

その紙の存在を義父が話したのは、友人がはじめてでした。義父は、一体どんな思いで打ち明けたのでしょう。長く背負っていた荷を降ろしたかったのでしょうか。友人は自分の手元に託された小さな巻き紙を、義父のお墓の前で、お線香をいっぱい立てて燃やしたのだそうです。どうしようか悩んだといいますが、「渡せません」と泣きながら首を振っていた義父を思い浮かべ、そうすることにしました。

戦争によって人生をあきらめさせられた人間の悲しみや痛み、無念さが、ご家族に届けられることなく灰になった、その一片の紙切れからも伝わってくる感じがします。

「戦争はいまもつづく、とてつもない恐怖です。戦争は殺人です。殺戮《さつりく》です」

義父が友人に語ったというこの言葉をとおして、戦争を身をもって体験された方の、命の底からの実感と、私たちへの大事な教えを受け取るようです。義父の人生をかけた魂の言葉とも言えるのではないでしょうか。

友人が、しみじみと印象的な話をしてくれました。義父は寝るときは必ず両手を曲げて、特徴のある寝方をしていたそうです。まるで背中にリュックを背負って、片方の手で肩ひもを握り、もう一方の手で銃を抱えているようでした。

また、ふだんから遊び心のある友人が、義父の岡山の家にいたとき、農具が入っている納屋の地面で昼寝をしていてなかなか起きない義父に、農具でバリバリ音を出しながら、「敵機来襲」と声を高く張り上げたのだそうです。すると、くの字に寝ていた義父がすぐさま飛び起きたといいます。歳月がどれだけ流れても、体にたたきこまれた、これも戦争体験がもたらしたものなのでしょうか。

こんな場面もあったそうです。義父が最期を迎えた病院で、意識のない状態がつづいていたときのことでした。

友人が、ベッドの上の義父の耳元で「お父さん、がんばって、山のおウチに帰ろうね」と語りかけると、目を閉じたままの義父は、突然体を揺り動かしながら、「自分は、もう無理であります」と大声で叫んだといいます。

無意識のなかで発せられた義父の叫びは、きっと上官に向けてだったにちがいないでしょう。戦場での極限状態が時を経て浮かび上がってくるようですが、義父と同じく兵士とされた、多くの声なき〝民草〟たちの叫びとも言えそうです。

あるとき、友人が義父に、天皇についてどう思っているかと、何気なく問いかけたことがありました。それに対して義父から返ってきた答えは、次のようなものでした。

「祖国に見捨てられ、戦うどころか、あちこち逃げ惑うだけで死んでいった戦友を思うと、軍部だけでなく、止められなかった天皇を、やはり恨んでおります」

義父自身だけでなく、戦地で無残に命を奪われた戦友たちの思いも代弁されているような気がします。この「恨んでおります」という一言に、どれほどの思いが込められているのでしょうか。

日本軍には、日本人だけでなく、兵士や軍属として、植民地下の朝鮮人も少なからず徴用されていました。以前、そんな方から戦争体験をうかがう機会がありましたが、戦争の悲劇に加えて、国を奪われた民族の悲哀と痛恨が二重、三重になって感じられました。

侵略や戦争によって、いまだ癒《い》えることのない傷跡を抱えている人たちが、近隣の国々にいることも、やはり忘れてはいけないでしょう。

「わしらの時代のもんがやったことが尾をひいて、あんたらが大陸の人らと仲良うなれんのが、すまんこったですなあ」と、義父が友人に語ったといいます。次の世代にもち越さないように、私たちの時代で乗り越えていきたいと願います。

先の戦争で、日本では三百万人、アジアでは二千万人もの人々の命が失われたと言われています。ひとくくりの数字では見えない、一人ひとりのお名前と人生を思いやりたいものです。

民草は、「人民」の他に「民のふえるさまを草にたとえていう語」という意味があると書きましたが、平和への願いとともに、私たちはふえていきたいと思うのです。国境のない大地にしっかりと根を張り、民草から民草へと、次々に大きくつながっていくように。

「お義父さんの戦争は、まだ終わってないですね」「そうですなあ」と、友人と義父の間でそんなやりとりがよくあったそうですが、義父のお葬式の日は、くしくも八月十五日だったといいます。

友人は柩《ひつぎ》に向かって手を合わせながら、義父にこんな言葉をかけてあげたそうです。「お義父さん、お義父さんの戦争が、やっと終わりましたね」

慰霊の鐘が鳴るお寺

門から境内に足を踏み入れると、大空に向かって真っすぐに、高々と聳《そび》えている一本の檜《ひのき》に目が引き寄せられました。ひたすら鳴きつづける蟬の声が、静寂のなかを響きわたっています。

千葉県は八千代市高津にある観音寺。建立されて四百年という曹洞宗のお寺です。以前より一度お訪ねしてみたいと思っていましたが、九月を前にして、ようやく実現することができました。

私がこのお寺の存在を知ったのは、二年ほど前になります。曹洞宗の主催で、関東近辺のお寺の方たちに講演を聴いていただく機会がありました。そのなかで、関東大震災のときに起きた話にふれました。講演が終わったあと、参加されていた一人の方が、関東大震災に関わるお寺として、観音寺を教えてくださったのです。その内容まではわからなかったのですが、それ以来、ずっと心に留めていました。

関東大震災は大変な天災でしたが、また同時に大きな人災を引き起こしたことは、どれほど知られているでしょうか。私にとって、多くの人たちに伝えていきたいことの一つです。観音寺の話をはじめる前に、関東大震災時の人災について、最初につづってみたいと思います。

一九二三年（大正十二年）九月一日、関東地方を大地震が襲いました。地震直後から「朝鮮人が井戸に毒を入れた」「朝鮮人が暴動を起こす」……といったデマが流され、関東全域で六千名を超すといわれる朝鮮人が殺されました（確認されているのはおよそ六千五百名といわれますが、正確な数はいまだにわかっていません）。

現在の日本では考えられない状況ですが、戒厳令（戦争、またはそれに近い非常事態が起こったとき、人々の生活を軍隊の指揮下に置くという命令）が敷かれ、軍隊、警察、そして一般の人たちによって組織された自警団が中心となり、朝鮮人の虐殺が行われました。

私がこの事実を詳しく知ったのは、高校生のときに読んだ本をとおしてです。目にした本の内容に、心が凍りつくようでした。特にそのなかで強い衝撃を受けたのは、一般の住民が〝朝鮮人狩り〟と称して、日本刀や斧、竹やり、とび口、木刀などを手に、朝鮮人とみるや、むごく殺していったという記述です。日本で生まれて育ち、日本の学校に通っていた私は、自分の立っている地面が崩れ落ちていくような感じがしました。

いかに震災直後という混乱のなかでデマに煽《あお》られ、群集心理にかられていたとはいえ、普通の人たちが、それまで隣り近所に住んでいた人でも、ただ朝鮮人というだけで殺してしまう。もし、またそういう状況になったら、私だって殺されてしまうかもしれない……と、まだ高校生だった私は恐怖感をおぼえたのでした。

当時、東京にいた私の祖父も自警団に追いかけられ、危うく殺されるところだったといいます。その寸前にマンホールから下水道をつたって逃げ、九死に一生を得たという話を、随分あとになって父から聞かされました。

祖父が実際に〝朝鮮人狩り〟に遭ったのを知ったとき、震災時の状況が、いっそう現実感をともなって迫ってくるようでした。

どのようにして日本人と朝鮮人を見分けたのでしょう。いちばんは言葉でした。「十五円五十銭」と言わせたといいます。朝鮮（韓国）語は最初の音は濁って発音しないので、どうしても「ちゅうごえん、こじゅっせん」となってしまうのです。言葉がなまったり、つかえたりして、朝鮮人と間違えられて殺された日本人も少なくなかったそうです。

毎年、九月の第一土曜日、市民たちによって、東京の墨田区八広《やひろ》にある荒川河川敷で、犠牲者の追悼式が行われてきました。この荒川にかかる木根川橋（旧四ツ木橋）の一帯は、多くの犠牲者が出たところです。当時の新聞には、その数は「百余名」とも「数百名」とも書かれています。

聞くに耐えないつらい話ですが、地元の人の証言です。

「自警団が日本刀や竹やりで突き刺し、三十人くらいを殺していた。犠牲者には、おなかの大きな女性もいた」「軍隊が機関銃で朝鮮人を撃っていた」

数珠《じゅず》つなぎにされた多くの朝鮮人が河川敷に並ばされ、機関銃で殺される光景に、周りを取り囲んでいた住民たちは、拍手喝采《かっさい》を送ったといいます。

もし私が日本人で、その場にいたらどうしたのだろうかと、自問自答してみます。人間のなかに潜む冷酷さや悪意、また付和雷同してしまうところなど、それらがどんな小さなものであっても、何かのきっかけで大きく噴き出してくるのが、非常に恐いです。絶えず内なる自分と向き合って、心のありようを確かめ、見つめつづけていくことが必要ではないかと痛感します。

常識とか、親切、善意、理性的な行動などは、日常の生活のなかで、精神的なゆとりや平穏があって発揮されることが多いでしょう。ふだんの言動ではなく、非日常的な状況や厳しい状態におかれたときに、果たしてどう対応するかによって、その人の本当の価値が計られるのではないでしょうか。

暗闇に光が射しこむような、こんな逸話もあります。以前、河川敷の追悼式に参加したときに、鄭宗碩《チヨンジヨンソク》さんという在日二世の男性と出会いました。そのとき、鄭さんが話してくださったお話です。

鄭さんのお父さんは震災当時十七歳で、朝鮮半島から渡ってきたばかりだったといいます。父親と二人で、鉄工所の下働きをしていました。

震災の直後、身の危険を感じたお父さんは、両親や妹と一緒に、鉄工所の経営者、真田さんの自宅へ避難したそうです。真田さんは押し入れに全員をかくまってくれました。自警団が押しかけ、「朝鮮人がいるはずだ」と激しく詰め寄ったそうですが、どんな脅しにも真田さんはがんとして動じませんでした。

押し入れのなかで震えていたというお父さんは、そのときの体験を、真田さんへの深い感謝の念とともに、子どものころからずっと、鄭さんに話して聞かせていたといいます。

「祖父母や父たちを救ってくれた恩人を、なんとか探したい」と思いつづけていた鄭さんは手を尽くし、六十歳を間近にして、とうとう真田さんのお孫さんに会うことができました。

「私たちがこうして暮らしていけるのも真田さんのおかげです。感謝の気持ちを形に残したいと思いました」

鄭さんは、真田家の菩提寺《ぼだいじ》である東京・墨田区の法泉寺の境内に、「時のなかに願いを込めて」の章で紹介した韓国の陶芸家、金九漢さんが作った陶製の「感謝の碑」を建てたのでした。

どれほど非道で悲惨な状況のなかでも、こういう話はきっと、いたるところで少なからずあったことでしょう。私自身も『ポッカリ月が出ましたら』（三五館）という自著のなかで、三百一名の朝鮮人（中国人もいたそうです）を自らの命を賭して守りとおした、横浜は鶴見の警察署長、大川常吉さんのことを紹介しました。

大川さんは当初、總持寺《そうじじ》という横浜市内の大きなお寺に朝鮮人たちを保護していたのですが、危険が迫り、鶴見署に移しました。その鶴見署に、「朝鮮人を渡せ」と、暴徒と化した大勢の群衆が押し寄せたといいます。

その群衆の前に立ちはだかった大川さんは、毒が入っていないことを証明するため、一升もの井戸水を飲んでみせたのです。そのあとにもつづく、朝鮮人を守るために行った大川さんの一連の言動には、強い感銘を受けました。

大川さんのお墓は鶴見の東漸寺《とうぜんじ》にありますが、そのそばに、戦後、朝鮮人によって石碑が建てられました。そこには、大川さんのご冥福を祈り、朝鮮人に対する震災時の保護を称える碑文が刻まれています。

話をもどしましょう。荒川の河川敷がある八広を走っているのは、私鉄の京成線です。そのまま千葉方面に向かうと、観音寺に行き着きます。観音寺は、関東大震災と一体どんな関わりをもっているのでしょうか。

訪問者の私を温厚なたたずまいで迎えてくださったのは、観音寺二十五代目のご住職、関光禅《こうぜん》さん（八十一歳）です。震災当時、ご住職をされていたのはお父さまの関博通さんでした。光禅さんからいただいた史料には、ご自身の丁寧な手書きで、当時から現在にいたるまでの記録がまとめられていました。光禅さんが語ってくださったお話とその史料を参考にして、八十七年前の関東大震災時をたどってみます。

観音寺がある高津近隣の各集落では、自警団が組織されました。それらの集落に対して、「習志野収容所に、朝鮮人を引き取りにくるように」という軍の命令があったといいます。なんと、殺させるのを目的とした、人間の〝払下げ〟です。

ある集落の六人をはじめ数カ所の集落で、それぞれ数人ずつ引き渡された朝鮮人の命が、集落の人たちの手によって奪われました。高津では松の木に縛って殺され、その木の下に埋められたといわれています。

軍の命令にも驚きますが、植民地下の朝鮮人がいかに蔑《さげす》まれていたとしても、集落の人たちのなかに、こんなひどいことはやめようと止める人はいなかったのでしょうか。たとえそう思っても、口に出せないような周りの雰囲気があったとしたら、それもまた恐い状況にちがいありません。

一九六五年は日韓条約が結ばれ、日本と韓国の国交が回復した年です。その年、檀家のご老人が光禅さんに、「殺された朝鮮人は、あまりにもかわいそうだった。塔婆供養をしてあげたい」と持ちかけてきました。関東大震災から三十二年が経っていましたが、当時の記憶を呼び覚ますものがあったのでしょうか。

　そこで、当時、ご住職だったお父さまの関博通さんが中心となり、光禅さんとともに、それから毎年九月一日、朝鮮人が殺された場所で慰霊祭を行ってきたそうです。

　八三年からは、在日コリアンや市民団体も加わって、広く合同慰霊追悼法要が執《と》り行われるようになりました。

　八五年、三月初旬のことです。関東大震災を素材にした演劇の脚本を書くために、韓国から二人の男性が、観音寺を訪れました。光禅さんは、朝鮮人が殺された現場を案内したそうです。

　そこには、二代にわたってご住職が毎年建てている「為関東大震災朝鮮人殉死者諸精霊菩提塔」と書かれた塔婆が、ひっそりとありました。

　それを前にしたお二人は、慰霊をつづけているお寺への感謝の気持ちとともに、異国で無念にも命を絶たれた同胞の霊を、この場所でとむらいたいと思ったのでした。

　韓国に帰ったあと、友人たちに声をかけると、その賛同の輪が大きく広がっていきました。「慰霊の鐘を贈る会」が発足し、浄財が集められたそうです。

なかには、この会に共感した小学生や中学生、高校生たちが、自主的にソウルの駅前で募金活動をしたものもありました。

それらを元にして、九月一日をめざした鐘楼《しょうろう》の製作が韓国ではじまります。山から切り出した木に千枚の瓦を用い、伝統的な丹青《たんせい》（青、赤、黄、白、黒の五色を配して、文様や絵を施す）の様式で、四メートルの高さに及ぶ美しい鐘楼が、職人たちによって完成しました。それを部分的に解体し、台の石も含め、八月の末に観音寺に運びこまれたそうです。

そして、韓国から来た三人の職人の手で再び組み立てられた鐘楼に、高さ一メートル、重さ二百キロの「慰霊の鐘」が入り、九月一日には落慶法要が執り行われたのでした。その法要には、鐘の話を知った三百人もの人たちが集まったといいます。

殺された場所で行われた追悼会では、この日のために来日した韓国の僧侶十人も加わり、合わせて二十人の僧侶たちが、一時間以上に及ぶ読経《どきょう》をして犠牲者の霊を慰めました。

鐘楼の奥には、ハングルで書かれた慰霊の鐘の建立《こんりゅう》文が掲げてあります。長文ですが、建立の意味がよく表されていると思える一文を抜粋してみましょう。

「この鐘の音をともに聴き、六十三年前の悲しい歴史をともに考え、その犠牲者たちの悲しみをともに分けあい、今日の韓日間の相互理解と相互尊重をともに誓いあおう」

翌年の八六年、光禅さんは韓国の仏教会を訪問しました。行く先々のお寺には歓迎の横断幕が張られ、韓国の人たちの温かいもてなしを受けたそうです。仏教は国境を越えて親善のかけ橋になることを、光禅さんは身をもって感じたといいます。

「過去の暗い歴史がありましたけれど、二度と繰り返すことなく、平和に、両国が手を取り合って仲良くしていきたいです。もとは文化が伝わってきた大先輩ですから」

静かな口調で語られる光禅さんの言葉に共感し、頷くばかりでした。

光禅さんに案内されて、境内にある鐘楼へと向かいました。樹木に囲まれた一隅に、想像をはるかに超える立派な鐘楼が姿を現したときは、思わず目を見張りました。まるで韓国のお寺にいるような感じです。

屋根瓦は朝鮮ふうに反《そ》り返り、全体に施された、色彩豊かで精緻《せいち》な模様に見とれます。鐘楼周りには、韓国の国花になっている白とピンクのむくげが咲いていました。

同じ場所には、慰霊碑と、やはり韓国から送られてきた石の塔が立っています。慰霊碑に手を合わせたあと、「慰霊の鐘」と彫られた、造形の美しい鐘をついてみました。青空に吸いこまれるような澄んだ音色でしたが、胸に重く響き、体の奥深く沁み入っていくようでした。

理不尽に、むごく命を奪われた多くの朝鮮人たちは、その名前もほとんど明らかになっておらず、遺骨がどうなっているのかも不明のままです。私の祖父も殺されていたら、家族がそれを知ることも、遺体を探すことも、きっと難しかったでしょう。九十年近い歳月が流れても消えない悲しみと痛みがあり、犠牲者は置き去りにされているように思えてなりません。

二度と人災を生まないために、関東大震災時の朝鮮人虐殺がどうして起きたのかを考えつづけていくことが、犠牲となった人たちへの私の慰霊ではないかと、その場所で思いを新たにしました。

光禅さんにお尋ねすると、境内の入口にあった檜は樹齢百年といいます。この夏は「韓国併合百年」になりますが、これからはじまる百年への道が、檜のごとく真っすぐに、明るい光の方向に進んでいくことを願いながら、観音寺をあとにしました。

九月四日に行われるという今年の追悼慰霊祭に、またお訪ねしたいと思っています。

美しい色を織りなして

エムナマエさんの絵

ことのほか暑さが厳しかったこの夏がようやく過ぎ去り、その熱を冷ましてくれる涼やかな秋となりました。秋は好きな季節です。めぐり来る季節のなかで、また素敵な秋を迎えることができました。

自然界が織りなす色の美しさ。空の色はいっそう青く鮮やかになり、雲の白さが映えます。秋が深まれば、陽の光に輝く銀杏《いちょう》の黄金色や、落葉樹の赤や黄色の色彩で、景色もはなやかに染まっていくことでしょう。

野山や身の回りで咲く花を目にしたり、大地の実りである野菜や果物を手にしたりするときも、それら一つひとつの色に見とれてしまうことがあります。自然によって生み出された色の配合は、ほんとうに見事としか言いようがありません。

薄紅色や紫、緑、柿色、濃紺……、さまざまな色から、やすらぎや元気を受けとっているような気がします。

そんな自然にならうかのように、人間が感性と想像力で織りなす色彩のハーモニーも、私たちの心を豊かに満たして、潤いを与えてくれています。

特に絵を前にすると、それを実感します。美術館に展示される有名な絵画だけでなく、身近なところにも素晴らしい絵があるのに、気づかされることがあります。

私が一目で惹きつけられた絵、それは、ペンネームがエム ナマエというイラストレーター（画家）で、絵本作家でもある方が描いたものです。絵のなかの、花や鳥や動物たちを見ているだけで心がやわらかくほぐれ、やさしさに包まれるのを感じます。

何よりも感嘆するのは、その色彩の美しさです。何色もの色が響き合って調和し、清々しさのなかに温かさが伝わってきます。絵を見ているだけで、気持ちが明るくなり、幸福感をおぼえるのです。

エム ナマエさんの画集をはじめて手にしたのは、八年ほど前になります。その前に、ご本人との初対面がありました。

ある集いの場に出席したときのことです。そこに、少し長めの髪にベレー帽をかぶり、淡い色のサングラスをかけたエム ナマエさんと、輝くような笑顔が印象的な、夫人のきみ枝さんのお姿がありました。

そしてお二人の足元に寄り添っていたのが、ベルトを装着した盲導犬でした（きみ枝さんにはコボちゃんという愛称があり、ナマエさんの絵のなかでは、少女のモデルになっています。アリーナという盲導犬も、作品の主人公になりました）。

自己紹介のあと、快活で親しみやすいエム ナマエさんと、楽しい会話がはずみました。そのおり、全盲の有名な絵本作家として数多くの作品を発表されていることを知り、早速、何冊かを手にとってみました。すぐさま、その素晴らしさに感動したのは、前述したとおりです。

目の見えない状態で、あんなにも色彩豊かな、夢にあふれた絵を描き上げることができるのは、一体どうしてなのでしょう。まるで奇跡のように思えてなりません。

あり余るほどの才能を発揮し、活躍中だったエム ナマエさんが、失明を宣告されたのは三十代の半ばでした。一度は絵をあきらめたといいます。絶望感もあったそうです。そういうなかで、どのようにして、再出発への道を見つけることができたのでしょうか。

初対面から幾度となくお会いする機会がありましたが、じっくりお話を伺ったのははじめてでした。その軌跡をたどってみたいと思います。

エム ナマエさん、本名、生江雅則さんは、一九四八年、東京で二人兄弟の長男として生を受けました。幼いころから絵を描くことが大好きだった生江少年は、その天《てん》賦《ぷ》の才を伸ばしていきましたが、合わせて文筆の能力にも恵まれていました。

実際、画文集につづられている言葉や数々の文章、失明後に書かれた著書『失明地平線』(祥伝社)などを読むと、感性が光る作家のお仕事にも感心させられます。

高校生になった生江少年に大きな影響を与えたのは、『まんが入門』という本でした。著者の漫画家やなせたかしさんの、「漫画は絵で描くポエム」という文を読み、詩の心がわかると自負していた生江少年は、漫画家をめざします。エム ナマエのエムは、ポエムのエムから名付けたのだそうです。

大学では法学部に進学したものの、日々、漫画を描く生活は変わりません。このころのテーマは、「原爆ドーム」「公害」「都会の自然」だったといいます。失明後のエム ナマエさんの絵は、色と線の美しい、メルヘンの世界そのものです。大学生のときのテーマとは遠くにあるようですが、実はつながっているように思えます。

エム ナマエさんの絵を見ていると、平和な気持ちが満ちてくるのです。かけがえのない大自然のなかで、すべての生あるものが、なかよくともに生きることの幸せに気づかされます。私たちにとって大切なものは何かというメッセージが、絵をとおして、いっそうわかりやすくシンプルに伝わってくるのです。

全盲の画家が絵を描くのがすごいのではなく、全盲の画家が描いた絵がすごいのだと、あらためて思い至ります。

「目が見えるから、見ないことがある。知っているから、考えないことがある」

目が見えないことで、エム ナマエさんには見えるものがあるのかもしれません。目が見えることで、見えてないものがあるのではないか、また、知っていることによって、考えることをおろそかにしてないかと、ナマエさんの言葉に、自分自身を振り返ってみます。

話をもどしましょう。大学生になったエム ナマエさんは、その才能を評価され、プロのイラストレーターとしての仕事をはじめます。大学を中退したあと、イラストの作品や絵本を、次々と世に送り出していきました。

視力の低下は二十代後半から感じていたといいます。しかし、多忙な日々を送るなか、糖尿病があることにご本人は気づかず、医師も見落としているまま、どんどん視力は悪化していったのです。そしてついに、失明は時間の問題となってしまいました。

絵を描くことを一生の仕事と決めていたエム ナマエさんにとって、「見ることすなわち生きること」であり、それに命をかけてきたといいます。エム ナマエさんの人生のシナリオに、失明という二文字はありませんでした。「なぜ自分がこんな運命を引き受けなければいけないのか」、そのわけを問いつづけるばかりでした。

そんなエム ナマエさんの身に起こったことです。失明の宣告を医師から受けたあと、絶望と苦悩に打ちひしがれた夜を過ごし、泣き疲れて夜明けを迎えたときのことでした。エム ナマエさんのなかで、何かが弾けたといいます。すると金色の光が波紋となって広がっていき、暗黒の世界が輝きと色彩で満たされるのを感じたそうです。なんとも不思議な体験でしたが、ナマエさんにとって得がたいものとなりました。「天はあまねくすべてを愛している。自分は愛されている。どんな運命であってもそれを受け入れて歩き出そう」と思えたのです。そのあとは苦しみがなくなったといいます。

三十七歳を迎えたとき、エム ナマエさんはとうとう完全に失明してしまい、同時に人工透析をはじめることになりました。その少し前からナマエさんが力をそそいでいたのが、執筆活動です。自分では読めなくても、紙に文字を書くことはできます。出版された童話で、見事、児童文芸新人賞を受賞しました。

同じように絵を描くことも可能だと思ったというエム ナマエさんでしたが、でも、それはプロの画家だった自分がやるには無責任に思えたそうです。それに、自分が見ることのできない絵に興味などもてません。

ところが、当時婚約者だったコボちゃんに、いたずら描きした絵を見せたら、すごく喜んでくれました。「自分の絵を喜んでくれる人がいる」。そのことが、再び絵本画家へと、エム ナマエさんを後押ししたのです。

ちなみにコボちゃんことときみ枝さんは、ナマエさんが人工透析していた病院で知り合った看護師さんでした。これぞ、素敵なご縁のたまものでしょう。

では、エム ナマエさんはあの素晴らしい絵を、一体どうやって完成させているのでしょうか。

まず、ボールペンを使って下絵を作るそうです。指でふれると、かすかに線が確認できます。これで見当をつけて、色のはみ出しや重なりを防げます。頭に絵が浮かぶと自然に手が動き、紙に向かっているときは、目が見えないことを忘れているといいます。

問題は彩色です。番号が付いている百五十色のパステル絵具から、指定した色を愛妻のコボちゃんに探してもらい、そのあと彩色したい場所に導いてもらって、色を塗るのです。

エム ナマエさんが頭にイメージしている絵が形になっていきます。そして、あの色彩に満ちあふれた絵が生まれるわけです。コボちゃんは、ナマエさんにとって、唯一無二の仕事のパートナーでもあると言えましょう。

目が見えていたころに描かれていたエム ナマエさんの絵は、いまの絵とはまったく違います。細部まで書きこんだ非常に緻密《ちみつ》な絵でした。自分に見せていた絵だといいます。いまは、見てくれる人の目や言葉が頼りです。心に届くように、幸せを感じてもらえるようにと願って手を動かしています。

目が見えなくなって、こんな感覚をもつこともできました。

「目の見えない人のなかに、本当に見える色彩があるんです。音、味、触感に色を感じるし、風にも色があるのがわかります」

エム ナマエさんのなかで、色はいっそう深く豊かに広がっているのを感じます。

自然と一体となり、「見えなくて見える色」を生み出せるから、ナマエさんの絵に心が包みこまれ、深く惹きつけられるのではないかと、あらためて思いました。

失明したエム ナマエさんは、そのとき余命五年と病院で宣告されたそうです。一九八六年のことでした。それから二十四年になります。

「五年かと思って結婚したら、こんなに延びるなんて予定外だったと、コボちゃんが言ってるんですよね」と、笑いを誘うナマエさん。そんなジョークに、周りがすぐ楽しい雰囲気になります。

絵が好きな少年のまま大人になったようなエム ナマエさん。そのナマエさんは、愛妻のコボちゃんの顔を一度も見たことはありません。しかし絵のなかに描かれている、花に囲まれてやさしく微笑んでいる少女は、まるでコボちゃんご本人を写しとったようです。

『失明地平線』のまえがきに、こんな記述があります。

「……ぼくは失明してよかった。生まれてきてよかったと、心の底から思えるのです。振り返ってみると、どうしてこんなに素敵な人たちと出会えたのだろう、どうしてこのような奇跡と遭遇できたのだろう、と思うばかりです」

そんなエム ナマエさんが、先日私に語ってくださった言葉を思い出します。

「自分のできることは、時間がかかっても、未来に対していい種をまいておくということだと思うんです」

その種は、エム ナマエさんが描く絵や言葉、何よりもナマエさんご自身にちがいありません。その種が世界中で実を結び、人々の心のなかで花開いていってほしいと私も願います。

愛育社発行の、エム ナマエさんの画文集には、絵とともに、自筆の言葉が添えられています。どの言葉も胸に沁みますが、そのなかの、いくつかの言葉をとおして、ナマエさんの絵を想像していただければ幸いです。

〈くだり坂とのぼり坂　どちらも同じ数だけある〉
〈見えると見る　見えないと見ない　同じようで同じでない〉
〈自分の痛みなら自分でガマンできるけど　他人の痛みは自分ではガマンできないだから　他人の痛みはつらいのだ〉
〈すべては　感謝に値する　すべてに　味わう価値がある〉

〈あなたが愛しただけ　世界もあなたを愛してくれる〉
〈ぼくらは素直でいよう　ここに生きていることに　この大いなる自然に抱かれていることに〉

私たちが、大自然と人間が織りなす美しい色を見ることとは、生きている喜びになるでしょう。そして、見えない世界に輝く美しい色を見つけることとは、生きている意味と幸せに、きっとつながっていくでしょう。エム　ナマエさんの絵に感謝するばかりです。

うそをつかない医療

いつしか暦が薄くなり、二〇一〇年も残り少なくなってきました。十一月を迎えると、一年の終わりに向かって、時間がいっそう速く進んでいくような気がします。日々の諸事に追われるなか、時おり、ふっと思うことがあります。私に与えられている時間は、あとどのくらい残っているのだろうかと。

だれもがそれぞれに、限られた自分の命の時間を生きていますが、暦で確認するのと違い、人生の終わりのときを知ることはできません。それでも終わりのあることを心に留めて、どのひとときも「命あってのもの」と感じ、一日一日を大切に生きていきたいものです。

どう生きるかは、そのまま、どう人生を終えるかということにつながっているように思えます。よりよく生きることは、よりよく終わりを迎えることと同意語でしょう。

このことを、身を持って教えてくれたのが、東京都葛飾区にある「新葛飾病院」の院長、清水陽一さんです。

清水先生の存在を知ったのは、葛飾に住む友人をとおしてでした。それまで、その病院は地域でとても評判が悪かったといいます。医療面のみならず、病院内も荒れてゴミだらけといった状態だったそうです。十一年前に院長になった清水先生は、まず、そんな病院の改善に努めました。

院長自らが手本を示してゴミを拾うなど、それまで見過ごされてきたことを正しながら、少しずつ病院の職員の意識を変えていったのです。そうした清水先生の姿勢が伝わり、病院内の空気が一変したといいます。

高度な治療のできる病院づくりにも取り組みました。清水先生は、日本で最初に心臓のカテーテル手術を行った、その分野の名医として知られた方です。心臓外科を新たに設け、心臓病治療においては全国で屈指の病院へと高めたのです。

新葛飾病院は、いまや、全国から患者が集まる評判の病院へと生まれ変わったのでした。また、救急患者は二十四時間断わらないなど、地域の人たちから信頼が寄せられる病院にもなりました。

この清水先生がめざし実践しているのが、〝うそをつかない医療〟です。これは、患者のためだけでなく、医療者自身にとっても必要なことでしょう。この言葉を聞いたとき、当たり前とされることが、実はとても難しいということに、気づかされました。〝うそをつかない医療〟へと、清水先生を向かわせたものがあります。医療の場で起きる、さまざまな医療事故。医学生時代、清水先生は大学病院で起きた医療事故を告発しました。

しかし、研修医になったとき、先輩の医師による医療事故に対して、きちんと声を上げることができませんでした。清水先生にとって、それは自分への重い課題となりました。それ以後、うそをつかない医療をめざして、一生懸命勉強をしたといいます。

人間は、いつも試されていると思うそうです。清水先生自身、医師になってから、開業医だったお父さんを医療事故で亡くすということにも遭遇しました。「自分が診《み》てもらいたい病院をつくる」、「患者の視点に立てる病院をつくる」というのが、清水先生の目標となりました。

その目標が形となって現れているものに、新葛飾病院内に設けられている患者支援室があります。支援室を担当しているのは、七年前、別の病院での医療事故により、幼い息子さんを失った豊田郁子さんです。

清水先生からぜひにという依頼があったとき、豊田さんは驚いたといいますが、「被害者の気持ちが理解できる担当者を」という清水先生の意を受けました。それ以来、患者やその家族と医療者をつなぎ、うそをつかない医療を実現するための大事な役割を担っています。

新葛飾病院では、清水先生が院長になってから、一度も医療事故による訴訟は起きていません。それは、〝隠さない、逃げない、ごまかさない〟という清水先生の理念が、医療事故があったときの対応に、しっかり活かされているからです。

過失があったなら、「まず謝罪をして、患者と真摯《しんし》に向き合う」という姿勢も一貫しています。医療の場だけでなく、これらの理念や姿勢は、社会のあらゆる場において求められるものではないかと、清水先生に共感をおぼえました。

話は少し飛びます。戦争中に植民地下の朝鮮半島から中国に連れていかれ、〝日本軍慰安婦〟として大変つらい被害を受けた八十八歳の女性を身近に知っていますが、「何よりも、まず謝ってほしい」というその方の言葉を思い出します。

ご自身の原点は、さまざまな差別意識を克服し、弱者の側に立つことにあるという清水先生。その原点に立って、生涯にわたり学びつづけていきたいといいます。

これも、自分自身にとって学びになったといわれるのが、二年前に見つかったがんです。私がはじめてお会いしたのは今年になってからですが、医師でもある清水先生は、どのように自らのがんという病と向き合っているのでしょうか。

二〇〇八年の七月でした。診療が終わった夜、お腹の調子がよくないので、ご自分で触診をしてみました。ふれたとき、すでに進行がんだとわかったそうですが、清水先生は、それを不思議なほど淡々と受け入れることができたといいます。

検査の結果、大腸の結腸部分にできたがんはリンパ節に転移しており、大動脈の根の部分まで広がっていました。

広い範囲にわたって、がんを切除する手術が行われ、抗がん剤治療がはじまります。それでも、清水先生は退院するや、すぐその足で外来の診療をはじめました。患者が待っていると思うと、休むわけにはいきません。

ところが八カ月に及ぶ抗がん剤治療にもかかわらず、またもご自分で、首の後ろのしこりに気づき、再発を見つけました。二〇一〇年の一月のことです。副作用に苦しむ、つらい抗がん剤治療がつづきます。

私がはじめて清水先生にお会いしたのは、いまから一カ月ほど前に開かれた、医療問題についての勉強会でした。講師の清水先生が登場すると、その場の空気がやわらぎ、緊張感が一気にほぐれていきました。

治療の影響で頭を丸刈りにされている清水先生は、驚くほどの自然体で、屈託のない笑顔で周りを包んでしまう方でした。こんな先生に診てもらったら、きっと患者も気持ちが楽になり、不安が薄らぐことでしょう。

「うそをつかない医療」をテーマにしたお話はわかりやすく、ご本人の体験に基づいた言葉がまっすぐに伝わってきたのですが、パソコンを使っての映像に、〝癌に感謝〟という大きな文字が映し出されたときは、ハッとしました。

がんになったことで清水先生が得たものは大きく、いっぱいあったといいます。特に医師として、とても役に立つものがありました。

まず、患者の側に立って病気を見られるようになったということです。患者は弱い立場にあり、医者に嫌われたくないと思うと、言いたいことも言えないというのを、ご自身が患者になったことによって知りました。

検査や治療などによって受ける苦痛をとおし、それらが患者にとって本当に必要かどうかと、いっそう考えをめぐらすようにもなりました。

「『患者の痛みがわかる、他人の苦痛に対する思いやりをもつ』。このことが医療の本質だと、あらためて確信しました」という清水先生ですが、これも身をもって感じることのできた、得がたいものでしょう。

〝死〟に対するとらえ方にも変化が起きました。あるインタビューに、清水先生はこんなふうに語っています。

「患者さんが亡くなるということは当たり前のように、わりとさらっと流してきたんですね。ところが自分が死というものをとらえてきてから、その人の亡くなり方というのを考えるようになったんです」

清水先生は、希望があれば患者が自分の家で人生の終わりを迎えられるようにと、地域の開業医や介護士と連携して、かかりつけ医を二十四時間呼べる体制を作ったそうです。実際に、自分が看取《みと》られたいように看取るにはどうしたらいいのかと、考えられたからでしょう。

同時に、患者やその家族に残された大切な時間のため、緩和医療も身につけ、幸せな人生の終わり方の手助けをしています。

患者支援室の豊田郁子さんのお父さんも、清水先生のその緩和医療のおかげで、新しいメガネを作って、友人や家族と近くの公園で白鷺《しらさぎ》を見ることができました。お父さんは最後の瞬間まで笑顔を絶やさず、幸せに旅立たれたということでした。

抗がん剤治療のためのボトルを体に下げ、副作用に耐えながら、病院の診療と地域への訪問医療、夕方からは勉強会（研究会）へと、めいっぱい時間を使っている清水先生には感嘆させられるばかりです。

お会いすると、そんなにも必死にがんばっているようにはとても見えず、楽しさが伝わってくるのはなぜなのかと思います。

「特に最近思うんですが、人の役に立つのが素直にうれしい。こんなに人に喜んでもらえる職業ってないですよ」

清水先生にとって、がんは余命がある程度わかり、死を意識するからこそ、毎日が輝くのだといいます。感性が豊かになり、雨の音や花の美しさなど、それまで見過ごしていたものが心に沁み、新鮮に感じられるようになったそうです。

そんな清水先生が、私にこんな言葉を教えてくれました。

「春は花　夏ほととぎす　秋は月　冬雪さえて　すずしかりけり」（道元禅師《ぜんじ》）

「その日のまえに、光・空気・木・花を新鮮に感じ、平気で生きる。死ぬときがきたら死ねばよい」（宮崎禅師）

道元禅師は曹洞宗の開祖で、福井県の大本山永平寺を開いた名僧であり、宮崎禅師（二〇〇八年、百八歳でご逝去）は永平寺の七十八世貫主（住職）です。

生家が曹洞宗の檀家という清水先生は、がん患者になったいま、これらの言葉の意味が深く実感できるといいます。清水先生から受けとったものとして、私も心に刻みつけておきたいと思いました。

清水先生を知るきっかけを作ってくれたのは、葛飾に住む友人ですが、彼女は私と同じ在日二世で、深く心に響く歌声を聴かせてくれる歌手です。最近、清水先生はその彼女の歌を聴く機会があり、感想が彼女のもとに寄せられたそうです。

そこには、「死ぬ前にあなたの歌が聴けて、大変幸せです」と記されていました。それまで歌を聴くという趣味はなかったといいます。昨夜行われた彼女のコンサートには、じっと聴き入る清水先生の姿がありました。

残された時間がわかるから、どのひとときも楽しいと思え、悔いなく一日一日を大切に過ごそうとしている清水先生は、「ああ、おもしろかった」と終わりを迎えたいといいます。

私自身もそうありたいと願っていますが、そのためには、どんな生き方をしてきたかが問われるでしょう。日々の生活のなかで、うそをつくことがないとは言えませんが、私なりの〝うそをつかない人生〟を、自分に残された時間で作り上げていくことができたらと思います。

限られた私の時間のなかで、清水先生に出会えたことを幸せに思います。

歌手、李政美さんの心の旅

初冬の冴々《さえざえ》とした夕暮れの空に、まぶしいほどに光り輝く大きな三日月が、くっきりと浮かんでいました。駅からの帰り道、立ち並ぶ建物の間を通りぬけたときのことです。

月を見ることに幸せを感じる私にとって、その光景は心をはずませてくれるものでした。幸せな気持ちが満ちて、思わず歌を口ずさんでいました。年の暮れを前に、疲れぎみの体がふっと軽くなるようでした。

歌は身近にあるものですが、ときに大きな力になってくれます。二〇一〇年八月に起きたチリの鉱山事故で、閉じこめられた人たちが心を一つに合わせることができたのは、みんなで歌を合唱したからだという逸話が報じられていました。

同じように日本でも豪雨でバスが水没し、バスの上で救助を待っていた乗客たちが、歌で励まし合って夜を明かしたということもありました。

そんな状況とはかけ離れていますが、私自身、歌にちなんだ思い出をたどると、数々の場面が甦ってきます。そのなかでも、ちょうどこの時期、十二月初めのある日、友だちが私に歌ってくれた歌声は、何十年経ったいまも忘れられません。

私が大学生だったときのことです。とても苦しくつらい日々がつづき、下宿の自分の部屋に閉じこもっていました。すると、同じ下宿の友だちがそっと私の部屋に入ってくると、何も語らず、ギターを手にして静かに歌を歌ってくれたのです。

私を気づかう彼女のやさしい気持ちが、その歌声をとおして胸を満たし、私の苦しさやつらさを包んでくれました。どんな言葉よりも、彼女の歌声は、私を癒《い》やす良薬になったように思えます。

時をいまにもどしましょう。歌のもつ力の不思議さ、素晴らしさ。それを、私に強く感じさせてくれる女性の歌手がいます。

前章の「うそをつかない医療」で、新葛飾病院の院長、清水陽一さんのお話を紹介しましたが、そのなかに清水先生が、「死ぬ前にあなたの歌が聴けて、大変幸せです」と、コンサートを聴いた歌手に伝えたことを書きました。その歌手というのが、今回ご紹介したい李政美《イヂョンミ》さんです。

清水先生は李政美さんの歌をはじめて聴いたとき、なぜだか涙が流れてきたといいます。私も彼女の歌を聴きながら、涙が止まらなかったことがあります。聴く人の心の深いところを揺り動かすものが、政美さんの歌にはあるのでしょう。

一七四センチの長身で細面の李政美さんが舞台の上に立つと、それだけでも惹きつけられますが、彼女が歌いはじめるや、周りの空気が変わっていくのを感じます。のびやかで澄明な歌声が響きわたり、その声に包まれると、聴いている人たちの表情がやわらいで、空気も温かくなって澄んでくるように思えるのです。

歌手として天性の恵まれた声をもっている李政美さんですが、声の美しさだけならば、人の心にこんなにも深く届く歌声にはならなかったでしょう。政美さんがいままで歩んできた道のり、その過程にあったさまざまなものが、現在の彼女の素晴らしい歌声を生み出す源となっているにちがいありません。

フォーク歌手の小室等さんが、李政美さんの歌を、「悲しむ人の心を慰め、明日を見つめる人に勇気を与える」と評していましたが、歌をとおして彼女の心のなかにあるものが花開き、実を結んでいるようにも思えます。

歌手、李政美さんは、一体どんな道のりを歩んできたのでしょうか。

李政美さんは、一九五八年、七人きょうだいの末っ子として、東京の下町、葛飾で生まれて育ちました。ご両親はそれぞれ八歳のときに、植民地下の朝鮮半島の済州島《チェジュド》から日本へ渡ってきたそうで、葛飾の一隅で、通称〝バタ屋〟と呼ばれていた廃品回収業を営んでいました。

鉄屑をはじめ、本やダンボール、衣類など、文字どおり廃品となったものが持ちこまれます。在日一世である私たちの親の世代に多い職業ですが、私の家も同じ家業でした。いまはあまり見かけませんが、さまざまな人たちがリヤカーで回収してきたものを、はかりで計って買い上げていた情景を思い出します。

そこには、社会からはみ出した人や、不遇な状態におかれた人たちが集まっていました。辺りはいつも騒々しく、ほこりが舞うごみごみした生活空間でした。政美さんは、自分が生まれ育った場所や、そういった環境がとてもいやだったそうです。

小学校から高校までは、近隣の朝鮮学校に通ったという政美さんでしたが、いつしか音楽の道に進む夢をふくらませていきました。

音楽大学への進学をめざしたのは、音楽が好きだったのは言うまでもありませんが、いやだと思いつづけてきた家の環境から、とにかく逃げたかったからでした。十代の政美さんは、「音大に行けば、〝上流〟の人間になれるのではと、ひたすら上を見上げていた」と言います。

現在もそれほど門戸《もんこ》は開かれていませんが、当時、朝鮮学校からは日本の大学を受験することができませんでした。政美さんは高校を卒業後、受験資格を得るため、一年間だけ、都立南葛飾高校の定時制に入ります。そして昼間は、声楽のレッスンに通うことにしました。

一九七七年、李政美さんは一浪をして、見事、国立《くにたち》音楽大学に一番の成績で合格を果たします。周囲から大いに期待が寄せられましたが、大学の勉強には失望するばかりでした。声のテクニックが伸びていくのと相反して、「魂のこもらない冷たい自分の歌」に、たまらなく嫌気を感じたといいます。

そんな彼女に別の世界が訪れます。大学生活を送っていた一九八〇年代初め、韓国は軍事政権下にありました。在日韓国人が政治犯として逮捕されることが相次ぎ、実際、私のいとこもソウル大学に留学中に、身におぼえのない罪状で、六年間獄中につながれていました。

在日韓国人政治犯の救援運動が日本で広がり、その集会で李政美さんは歌うようになったのです。分断されている朝鮮半島が統一され、政治的なことが解決されたら、在日をめぐる状況や、自分自身のさまざまな問題も解決できるように思えました。

李政美さんの歌声は称賛を受け、歌によって自分が役に立っているのはうれしかったといいます。しかし、引きこもりがちで、自らの心を閉じていたという彼女にとって、人前で歌うのは苦痛でした。やらねばならないという使命感も負担になり、少しずつ、歌う場から遠のいていきました。

大学を卒業したとき、政美さんは、自分の音楽のルーツを探したいと、朝鮮語の歌を収録した『セヤ　セヤ』（鳥よ　鳥よ）というテープを自主制作したそうです。

そのため、朝鮮の民謡や民族楽器を習いました。大学で学んだオペラの発声法では、イタリア語やドイツ語の歌は歌えても、日本で生まれた朝鮮人である自分の言葉を、自分の声で歌えないと思ったからです。

それでも、自分が本当に歌いたいのはどんな歌なのかを、見つけることができなかったといいます。将来を期待されていた政美さんでしたが、卒業したあとは、歌を歌うことをやめてしまったのでした。

話を進めましょう。李政美さんは、卒業後、恩師に誘われ、かつて通った南葛飾高校で朝鮮語の講師になります。その高校の定時制では朝鮮語が必修科目だったのです。

さまざまな事情を抱えている生徒たちの存在は、そのまま社会の縮図のようでした。そこは、政美さんが生まれ育った場所と重なるものがありました。自分が抜け出したいと思ったところに、再び引きもどされた感じがしたそうです。

「生徒たちとは本音でぶつかり合わないと、相手にされないんですね。そのなかで本当の自分を認めて、それをさらけ出していかないと、人と人がちゃんとかかわることはできないということを、生徒たちから学びました」

講師をしながら結婚し、長女を授かりました。生徒たちとのかかわりや、子育てをするなかで、政美さんは、ありのままの自分を受け入れることができるようになったといいます。

そんな李政美さんは、ご自身が三十歳で長女が三歳のとき、子どもを育てながら一人で生きていく道を選びます。夜は朝鮮語の講師をつづけながら、はじめた仕事は、汚れたガラスを拭《ふ》くお掃除の仕事でした。ビルの四十階の窓も磨いたそうです。

そのときの体験は、後に『おてんとうさまありがとう』という自作の歌になります。太陽の下、汗をかきながら無心で作業に集中していると、体がすごく自由になったといいます。汚れをものともせず、体を使って汗水流して働く仕事は、政美さんに両親の姿を思い出させてくれました。

歌を歌えないでいた政美さんにとって、ある大きな出会いが、このあと訪れます。

十六年前のことです。鹿児島の屋久島に住む詩人の山尾三省《さんせい》さん（二〇〇一年ご逝去）の講演を聴く機会がありました。そのとき山尾さん自ら朗読されたのが、自作の「祈り」という詩でした。「南無浄瑠璃光　海の薬師如来……」ではじまるその詩は、薬師如来への祈りと救いがこめられたものです。

その詩の一行一行が、李政美さんの魂を揺さぶりました。もともと歌のはじまりは、人が心に願う祈りだったのではないかと思ったそうです。

「難しいことを考えずに、自分のなかの深い祈りを、そのまま歌えばいいと気がつきました」

政美さんのなかで自然に旋律が浮かび、山尾さんの詩に作曲した、はじめての自作曲『祈り』が生まれたのでした。

すると、次々に彼女から歌があふれ出てきたのです。なかでも『ありのままの私』という曲の歌詞は、政美さんが自分自身を閉じこめて縛っていたものを、ようやく解き放つことができたことを教えてくれます。一部をご紹介しましょう。

ありのままの自分を愛しさえすればいい
ほら、心がこんなに澄んでくる
ありのままの自分を愛しさえすればいい
ほら、目に映る世界は新しい
ありのままの自分を愛しさえすればいい
ほら、すべてのいのちがいとおしい
………

いま、李政美さんは小学校や中学校、高校などの学校をはじめ、お寺や教会、コンサートホールなど、日本全国いろいろなところで、ライブやコンサートを行っています。そのなかで、この『ありのままの私』を歌うと、小学校の低学年の子どもたちから、「涙が出ちゃった」という反応がよくあるといいます。

こんな小さな子どもまで、自分に不安をもっているかと思うと胸が痛み、大人が子どもたちをちゃんと安心させてあげなければと、自分自身を振り返りながらも思うそうです。

李政美さんが舞台で必ず歌うのが、自作の『京成線』という曲です。きっと、特別に思い入れのある歌なのでしょう。京成線というのは、彼女がずっと住んできた葛飾の町を走っている私鉄ですが、「京成線に乗って帰ろう　この町もまたふるさと」という歌詞に、万感の思いがこもっているのを感じます。

「いやだと思い、逃げたかった場所には宝ものがいっぱいあって、自分を豊かに育んでくれたところだった」という政美さん。この歌のなかには、朝鮮の有名な曲「アリラン」が挿入《そうにゅう》されていますが、彼女の祖父母やご両親のふるさとと、生まれ育った日本のふるさとが、しっかりとつながっているのが伝わってきます。

「私にとっては、両親が越えてきた日本と朝鮮半島を結ぶ海が、『アリラン峠』だという気がします。『京成線』を歌うと、京成線が国境を越えていくというイメージが、私のなかに浮かんでくるのです。

韓国で生まれた韓国人でもなく、日本で生まれた日本人でもなく、朝鮮の血をひく者として日本で生まれたからこそ、いまの自分があると思います。日本でも韓国でも、歌うことで人を結びつけていきたいですね」

こう語る政美さんの歌う歌は、日本語でも韓国語（朝鮮語）でも、言葉の違いを越えて、二つの国の人々に感動を与えています。

李政美さんは韓国でも広く公演を行っていますが、先日、私も参加した、韓国の古いお寺で開かれたコンサートでは、日本から訪れた私たちと韓国の観客が、政美さんの歌に合わせてともに歌いました。日本人と在日コリアン、そして韓国人が声をそろえて歌う場面には、胸熱くなるものがありました。

いつもゆったりとのびやかで、やさしい笑顔を絶やさない政美さん。そんな彼女からはとても想像できない、さまざまな葛藤のなかを歩んできたその道のりが、大人ばかりでなく、小さな子どもの心も包みこみ、人や国の間にある境界線をとかしていく温かな歌声をもたらしたのでしょうか。

「いま、ここに、自分が生きていて歌っていることが、すごいことでしょう。私に歌ってと求めてくれる人がいれば、どこにでも出かけて行って歌いたい。歌えることに、いつも胸がふるえるように感動しているし、感謝の気持ちがわいてきます。それが、聴いている人に伝わればいいなあって思うんです」

そういう李政美さん自身の感動と感謝の気持ちが、彼女の歌声から流れ出てきて、聴く人の心を包み、動かしていくのでしょう。そして、政美さんの道のりは、まだまだつづきそうです。

李政美さんは二年前、インドの古典声楽を習いにインドまで行ってきました。自分の〝本当の声〟〝本当の歌〟を、いまも探し求めている旅の途中だという政美さんは、音楽をどうして自分がやるのか、何を歌うのかを、これからもずっと考えつづけていきたいといいます。

先日の深夜、執筆中の手をふと休めて外に出てみると、見事な満月が、ちょうど頭上に出ていました。政美さんの言葉を聞いた直後だったせいか、私にとって、〝本当の声〟〝本当の言葉〟とはなんだろうと思いをめぐらせながら、月光に輝く夜空を見上げていました。

＊「うそをつかない医療」でご紹介した、新葛飾病院の院長、清水陽一さんが二〇一一年六月十九

日、六十二年の生涯を終えられました。その一週間前、病院内の一室で、呼吸器を付けてベッドに横たわった清水先生を前に、李政美さんのコンサートが開かれました。「死ぬ前にあなたの歌が聴けて、大変幸せです」。がんで闘病中の清水先生が、李政美さんの歌を聴かれたときの感想です。それ以来、体力のゆるす限り、コンサートに通いつづけていた清水先生ですが、最後のひとときを李政美さんの歌声に包まれることができました。

慎んで、ご冥福をお祈り申し上げます。

はるか二千年の時を越えて

新しい年を迎え、西暦二〇一一年となりました。その年数に目を留めてみると、二千年を越える時の流れのなかで、いま自分が存在していることのすごさに、あらためて思いをめぐらせてしまいます。

そんなにも長い年月をとおして、一体どれだけたくさんの命が一度も途切れることなく、自分までつながってきたのでしょうか。

そのおかげで、私はこの世に生まれることができました。一月は一年のはじまりですが、私の誕生月でもあります。与えられる人生の時間が、あらたに刻まれていくことに、感謝の念をおぼえます。おかげさまという気持ちを忘れずに、連綿と受け継がれてきた自分の命を、心して生きていきたいものです。

ひととき、ひとときが積み重なって、一年という歳月になります。今年は、一体どんなひとときを過ごすことができるのでしょう。

二〇一〇年を振り返れば、特筆すべきひとときがありました。晩秋から初冬へと季節が移りゆくころ、ずっと訪れたいと願っていた、曹洞宗・大本山永平寺にはじめて参拝することができたのです。そのうえ、修行僧のみなさんに、お話を聴いていただく機会を得ました。

永平寺でのひとときは、いまもありありと思い出されます。境内に足を踏み入れるや、全身で感じた空気の清々しさ。午後の陽射しに照らされた、散りゆく間際のもみじの鮮やかさ。天へと、高く真っすぐ伸びた杉木立《すぎこだち》……。深閑《しんかん》なる自然のたたずまいに惹きこまれていくようでした。

寺院のなかに身を置くと、静けさと穏やかさに包まれながら、姿勢が正されるような厳粛な気持ちになりました。深い歴史をくぐりぬけた建物はどこも美しく、隅々まで磨きぬかれた床には、心の内面まで映りそうです。

厳しい修行の場であることを、修行に励むお一人おひとりの姿から教えられ、身が引き締まる思いがしました。そんな貴重な場で出会いをいただいたことは本当にありがたく、私自身にとって、大切な糧になったように思えます。

さて、次に話を進めましょう。一二四四年に建立された永平寺は七六七年もの歳月を刻んできましたが、それよりずっと遠い昔にさかのぼります。

はるか二千年の時を越えて、弥生時代の遺跡が鳥取県で発見されました。妻木《むき》山と晩田《ばんだ》山に広がっているため、その名を妻木晩田遺跡といいます。現在、国史跡に指定された弥生遺跡の中で、最大規模の遺跡です。

鳥取県の西部、大山《だいせん》がある大山町と淀江町（現米子市）にまたがったところに、弥生時代後期、二千年前の遺跡が見つかったのは、一九九七年のことでした。ゴルフ場建設にともなう発掘調査がきっかけだったといいます。

標高一〇〇～一五〇メートルの小高い山の上にあったおかげで、二千年もの間、この遺跡は壊されずにそのまま埋もれていました。弥生時代の大集落は平野にあるのがふつうであり、山の上というのは他に例を見ないそうです。

妻木晩田遺跡の保存のため、中心となって力を尽くしたのが、鳥取県出身の考古学者、佐古和枝さんです。

遺跡発見の知らせを受け、はじめて現地の調査に訪れた佐古さんは、その大きさに圧倒されました。発掘されたのは全体の約一割でしたが、大規模な集落には、九百軒の建物跡と三十を超す墳墓があり、朝から夕方まで早足で歩いて、やっと全体を見ることができたのでした。

しかし、開発工事にともなう調査で見つかった遺跡は、いくら「貴重な発見」と報道されても、九十九パーセント以上が破壊されているといいます。

県が民間企業を誘致した建設計画で、それを地元の町も強力に推進しており、しかも、あまりにも大きな妻木晩田遺跡の保存は、どう考えても不可能とだれもが思っていました。

こんなすごい遺跡が地元の人にすらよく知られないまま壊されていくのを、佐古さんは、黙って見過ごすことができませんでした。もし見過ごしたら、胸を張って、「考古学をしています」と言えなくなると思ったそうです。

たとえ遺跡を残すことが難しくても、思いつくことは何でもやってみようと、佐古さんは動きはじめます。

まず、地元の人に遺跡を見てもらうため、遺跡でコンサートや新年会、親子見学会などを開きました。すると、遺跡に来た人たちから「これを壊してはいけない」という声が上がり、保存運動が、草の根的にどんどん広がっていったのでした。

コンサートでは、歌手の李政美さんが歌ってくれました。妻木晩田遺跡は眼下に日本海をのぞみ、高麗山（明治時代に孝霊山と改名）と呼ばれる山が近くにそびえています。古代には遺跡のふもとに入海《いりうみ》があって、そこを港として海上交通が盛んだったそうです。

二千年前は、いまのような国境も国籍というものもなく、きっと海を介して、朝鮮半島と深くつながっていたことでしょう。遺跡からは朝鮮半島製の鉄器も出土しています。

「二千年前にも、ここで故郷を思った同胞がいたと思うと、他人事ではなくなった」と李政美さんも、遺跡の保存を多くの人たちに呼びかけてくれたといいます。妻木晩田遺跡のことを佐古さんが詩にし、それに李政美さんが曲をつけて歌っているのが、『おいで　みんなここへ』という歌です。

おいで　さあ　みんな　ここへ
この坂をのぼったら　海がみえるから
おいで　さあ　みんな　ここへ

この坂をのぼったら　希望がみえるから
…………

この歌詞のとおり、坂を登っていくと遺跡のある山の上にたどり着き、目の前に海が広がります。

「はじめて遺跡の前に立ったとき、この遺跡は、私たちがつくろうとしている未来を映し出す鏡のようなものだと感じました」と、李政美さんは語っています。

私もはじめて妻木晩田遺跡に立ったとき、なだらかな緑の、その向こうに見える海から吹いてくる風を感じながら、どこか懐かしい思いが湧き起こってくるようでした。二千年前の弥生人と自分がつながっているような、不思議な感覚です。

いつから人間は、大地や海に線を引き、対立し合うようになったのでしょうか。古代にはそんな線も対立もなく、人々はともに生きていたことでしょう。そこに、私たちが求めていきたい未来があるように思えます。

遺跡の保存には、韓国の人たちからの支援も大きかったといいます。

韓国から遺跡を訪れた著名な考古学者は、「韓国の古代史にとっても貴重な遺跡」

と報道関係者に語り、保存のための賛同署名を、韓国の考古学研究者七百人から集めてくれました。日本の研究者の署名を合わせると二千人にも達し、前代未聞の〝日韓合同保存運動〟になったのでした。

地元の人たちだけでなく、国境を越えた多くの市民たちが主体となった妻木晩田遺跡の保存運動は、はじめてから二年後の一九九九年四月、全面保存という形でついに実を結びました。まさに、奇跡だと言われたそうです。

佐古さんは、あるインタビューでこう述べています。

「遺跡のことを『日本の宝』とか『国民の宝』とかよく言いますが、妻木晩田遺跡は、韓国や在日の人たちも一緒に守ってくれた遺跡ですから、『みんなの宝』です。ここで二千年前の日韓交流を復活させたいと、いろいろな行事をやっています」

関西に在住している佐古さんは、関西外国語大学の教授として考古学を教えていますが、妻木晩田遺跡とは、保存が決まったあとも、ずっとかかわりをもちつづけてきました。

保存が決まった年の九月から「むきばんだやよい塾」という市民講座を毎月一回開き、受講生たちと、国内や韓国の遺跡をめぐる旅も定期的に行っています。

遺跡周辺の植物観察をする「むきばんだを歩く会」も、二〇一四年には十年目を迎えるそうです。その他にも、受講生や地元の人たちと協力し合い、遺跡を活用するさまざまな試みを実現させています。

妻木晩田遺跡の保存は、佐古さんの存在がなければ実現しなかったと思いますが、それまでご本人は、そういった運動とまったく無関係なところにいたといいます。

私が同じ鳥取県出身の佐古さんと知り合ったのは、李政美さんをはじめ、共通の友人を介してでした。スマートで、おっとりとした雰囲気の彼女には、考古学者といった堅いイメージはどこにもなくて、いまも学生のままのような感じです。

考古学とは無縁だったという佐古さんが、どうしてその世界へ入ることになったのでしょうか。

佐古和枝さんは一九五七年に生を受け、兄と妹に挟まれた三人きょうだいの長女として、鳥取県の米子市で育ちました。伯耆《ほうき》富士とも呼ばれている大山が近くにあり、小学校から高校までスキーの選手として活躍していたといいます。

考古学どころか、学問そのものに興味がなかったという佐古さんは、大学に入ってもスキーをつづけるつもりでした。

ところが、同志社大学の文学部に入学した娘に、眼科医のお父さんから、スキー厳禁が言いわたされます。娘である佐古さんは、厳格なお父さんの言いつけを守るしかありません。そのまま大学への足も遠のくばかりだったといいますが、そんな彼女の人生を変えたのは、大学で出会った、ひとりの先生の存在でした。

二年生のとき、有名な考古学者が大学にいると聞き、話の種にと、軽い気持ちで受講登録をしたそうです。夏休み、実家でテレビのニュースを見ていたら、その考古学者、森浩一先生（二〇一三年ご逝去）が、鳥取県で発見された梶山古墳の彩色壁画について解説をしていました。

「古代の鳥取には高度で豊かな文化があった。日本海を介して、直接大陸と交流していて……」

その言葉に佐古さんは、意外な気がしたといいます。大学の友人たちの反応から、自分の故郷である鳥取の地は、印象の薄い、つまらないところだと思いこんでいたからです。

「故郷を考古学という窓から見ると、どんな素晴らしい姿が見えてくるんだろう。私ものぞいてみたい」

そう思った佐古さんは、森先生の研究室を訪ね、考古学への一歩を踏み出したのでした。

考古学など未知の世界、何の知識もなかった佐古さんでしたが、次第に考古学に惹かれていきました。遺跡や遺物は、そこに生きていた人たちの真の姿を伝えてくれます。「書かれた歴史の偽りも、時には見抜くことができる。カッコイイ！」と思ったそうです。

大学を卒業したあと、ご本人いわく、「まだ郷里に帰りたくないというだけの理由で、大学院に進学した」という佐古さんでしたが、そのことがお父さんの逆鱗《げきりん》にふれ、勘当されてしまいます。

大学院生の間は、エレクトーンを教えながら自活して、考古学を学びつづけました。そして、考古学者となった佐古さんは、考古学の楽しさや大切さをもっと多くの人に伝えたいと、平易な言葉や文章で市民や子ども向けの執筆・講演も、積極的に行いました。

妻木晩田遺跡の保存運動も、いままでにない市民目線のユニークな活動として学界でも注目され、女性は珍しい考古学の世界で、はじめて日本考古学協会の理事にもなったのです。

佐古さんと考古学の結びつきが、二千年の時を越え、妻木晩田遺跡をこの時代に甦らせてくれました。ずっと対立ばかりしていたというお父さんは、佐古さんが考古学を仕事とするようになってからは理解を示し、妻木晩田遺跡の保存運動を応援してくれたといいます。それとともに、親子関係が密になったそうです。

考古学を仕事にしてから、「言われたときは反発したけど、父の指摘は正しかった」と思うことが多々あったといいます。

二〇一〇年十一月、佐古さんは、お父さんを亡くしました。その訃報《ふほう》に接した知人から、「あなたと、お父さんが、妻木晩田遺跡で肩を並べて歩いている夢を見たよ」と聞かされたとき、一度も、お父さんを遺跡に連れて行かなかったことに気づきました。「最期に父が一緒に歩いてくれたのかな」と思ったそうです。

考古学と聞くと、なじみのない、遠い世界のようですが、「そうではない」と佐古さんは言います。

「私たちは便利さに囲まれて暮らしています。灯《あか》りはすぐつくし、水も蛇口をひねればすぐ出ます。でも時々は、自分の体と知恵を使って苦労して食べ物を得て、自然をうまく利用して生きていた古代人に、思いを馳《は》せてみてください。『いまは恵まれている』『昔の人は賢かった』『こんな生活をしていていいのかな』など、遺跡は、いろんなことに気づかせてくれる場なのです」

私たちを、人間としての原点に立ち戻らせてくれるのが、考古学なのでしょう。そして、また、私たちが生きていくうえで大切にしなくてはいけないことを、思い出させてくれます。

二千年前、人々は自由に海を渡って往来していました。佐古さんによると、それよりずっと昔、三万年ほど前に大陸からやってきた人々が住みついて、この列島の人類史がはじまったといいます。佐古さんの言葉はつづきます。

「とりわけ、紀元前六世紀にはじまる弥生時代から紀元後七世紀にかけては、朝鮮半島からの移住者が多かった時代です。そういう人たちとまじり合いながら、だんだん〝日本列島に定住する人〟つまり『日本人』ができたわけです。

ですから『いまの日本人』には、東アジアのいろんな地域と通じる、国際的なＤＮＡが受け継がれているはずです」

いま、佐古さんがいちばんやっていきたいことは、IT化が進み、仮想《バーチャル》世界が蔓《まん》延《えん》するいまの時代に、考古学を子どもたちにもっと伝えたいということです。

「そこから、生きていく力や、ずっとつながってきた命の大切さ、自然への感謝の気持ちを学んでほしい。そして、差別や偏見の愚かさに気づいてもらえたらと思うのです」

そのため、遺跡や博物館に子どもたちが行きたくなるような、楽しいアイデアも話してくれました。

以前より、佐古さんは京都の法然院で考古学講座を開いていますが、法然院ご住職である梶田真章《しんしょう》さんは、佐古さんを評してこう語っておられます。

「佐古和枝という、古きを佐《たす》け、平和の枝を広げる、その名前のとおりに生きている人です」

「みんながもっと考古学を知れば、世界はもっと平和になる……」と、冗談めかして佐古さんは大学の授業で語っているそうです。でも、それは佐古さんの本心なのでしょう。まさに梶田ご住職の言葉どおり、名前そのままに、彼女は自らを体現しているように思えます。

佐古さんに、いのちの起源について質問してみました。

地球に生命体が生まれたのは三十五億～三十八億年前、人類の誕生は六百万年前、私たちに直接つながる人類は、アフリカで十二万年前に出現したということです。

「気が遠くなるほど長い年月をかけて、生物たちがそれぞれに一生懸命に生きてきた積み重ねがあってこそ、人類が誕生し、いまの私がいるんです」

二千年前の弥生時代を飛び越え、人類が生まれたころまで一気にさかのぼって、そこに自分の実年齢を足してみたらどうでしょう。想像できないほどの年齢になりますが、そんなにも受け継がれ生まれてきたのが私たちです。その自分の存在感を感じながら、新年にあらたな一歩を踏み出したいと思います。

俳優、滝田栄さんのお不動様

澄みわたり、深々とした真冬の空高く、満月がまぶしいほどに輝いています。その光が夜空に広がる雲を照らし、月明かりとなって地上の暗がりにもそそがれ、辺りをほんのりと明るくしていました。

外に出て空を見上げてみようと思ったのは、今夜の月が満月だということを、暦で知ったからでした。今年から使っている暦の一つに、一日ごとの月の形が載っているものがあり、一カ月を周期とした月の満ち欠けがよくわかります。

その満ち欠けをもとに、ひと月、ふた月と数えたり、一月、二月……と一年を区切ったりしているわけですが、毎日、その形を少しずつ変える月は、私たちに時のめぐりと、大自然（宇宙）の理《ことわり》を示してくれているようです。

古よりずっと、人はどんな思いで月を眺めてきたのでしょう。私は子どものころから、空に月を見つけると、心が和らぎました。月の光に安らぎを感じ、月から生への励ましを、いつももらってきたような気がします。

月の形はそれぞれにいいのですが、とりわけ三日月に惹かれます。三日月を見ていると、その欠けているところが自分自身と重なり、それを満たして満月にしていくために、自分の日々の歩みがあるように感じるのです。

二〇一一年も早や、一カ月が過ぎました。月が地球を一周したことになります。思えば、この地球上に数十億もの人がいるなかで、一生のうち、私たちはどれだけの人と出会うことができるのでしょうか。

そんなふうに思いをめぐらせてみると、出会えたことを、おろそかにしたくないと思います。どの縁も日々の歩みを積んでいくなかで、自分にとって必要で大切なものにちがいありません。

そんなご縁の一つに、俳優の滝田栄さんがあげられます。滝田さんとは、友人の紹介ではじめて出会ってから十数年になります。当時はテレビに舞台にと多忙な毎日を送っていた滝田さんでしたが、いまや仏師のごとく、日夜、仏像を彫ることに、打ちこんでいらっしゃいます。

華やかな世界から遠ざかり、仏像を彫りつづける滝田栄さん。その姿に、夜空を照らす月のような輝きを感じます。

滝田栄さんは、一九五〇年、千葉県は成田の近くで、四人兄弟の末っ子として誕生しました。お母さんは、多くの職人を従えて和裁の仕事をしていましたが、生まれたときから心臓に重い障害があったといいます。そのため、いつ心臓が止まってもおかしくないような状態でした。

滝田さんを身ごもったとき、お母さんは医師から、「命にかかわるから、この子を産むのをあきらめなさい」と言われたそうです。

しかし、どうしても産みたいと思ったお母さんは、成田山のお不動様に願をかけました。すると、お母さんの夢枕にお不動様が立って、白い玉を手渡してくれたといいます。「そのおかげで、お前は生まれた」と、後に、滝田さんはお母さんから聞かされました。

無事に誕生したことを当初の医師に伝えたら、「産めるはずがない」と、どうしても信じてもらえなかったそうですから、滝田さんの誕生は、きっと奇跡とも言えるものだったのでしょう。

滝田栄さんが二十歳を迎えたときのことです。お母さんは滝田さんに、「お不動様に息子が成人になった報告をしたいから、成田山に連れていってほしい」と頼みます。心臓病が悪化していて、横になって寝ることもできなかったお母さんを背負い、滝田さんは急な階段を本堂まで登ったそうです。

そして本堂に着くと、お母さんは滝田さんをお不動様の前で合掌させ、その横でご自分も合掌され、苦しい呼吸のなかで般若心経を唱えました。

「いま、お前の将来が良くなるようにお不動様にお願いしたから、お前自身も良く生きなさい」

これが息子の成人式への、お母さんからのお祝いでした。物をもらったり、背広を作ってもらったりするよりも、本当にうれしいお祝いだったといいます。

命がけで、滝田さんをこの世に誕生させてくださったお母さんですが、会社員だったというお父さんにも、大変な体験がありました。

お父さんは戦争中、広島で人間魚雷の回天の訓練を受けていました。戦争が終わらなかったら、人間魚雷でお父さんの命は失われていたでしょう。

八月六日、訓練が休みの日でした。突然、目の前で想像を絶するような火の玉が爆発したといいます。米軍機による原爆投下です。お父さんはとっさに防空壕に飛びこみましたが、あまりの惨状に、被災者たちの手助けをして歩いたそうです。黒い雨も浴びました。

あとで恐ろしい爆弾であったことを知り、被爆者手帳をもらったお父さんは、検査のため、千葉大学病院にずっと通ったといいます。被爆をしたお父さんでしたが、幸いにも、どこにも影響なく元気に過ごされました。滝田さんの言葉を借りますが、まさに「奇跡としか言いようがない」ことでしょう。

子どものころから滝田さんがいつも目にしてきたのは、毎朝、ご両親が仏壇にお花とお茶、お水、お線香をお供えし、般若心経を唱えていた光景だそうです。ご両親は観音様が好きで、観音菩薩像を仏壇に置き、ご先祖様の供養に手を合わせていました。

そういう環境のもと、「ごく自然に、観音様やお不動様が身近にあり、仏様の存在にふれてきたような感じがします」と滝田さんは語ります。

高校を卒業するや、「家を出て、全部自分でやりなさい」とお母さんから言われ、茶碗と箸を包んで渡されました。末っ子でやさしい息子を案じ、たくましくなってほしいという、強く厳しい親心でした。

アルバイトをしながら大学の夜間部に通っていたとき、友人に勧められるまま劇団文学座の試験を受け、見事、難関をくぐりぬけて合格することができました。滝田栄さんの、俳優の道へのスタートです。そんなころ、生涯の伴侶となる、バレエのプリマの妙子さんと出会い、結婚をして二男一女に恵まれます。

そのあと、舞台やテレビドラマなどで、その演技力が評価され、活躍の場がどんどん広がっていきました。そんな滝田さんにとって、人生に大きな影響を及ぼすことになったのが、三十三歳のとき、主役に抜擢《ばってき》された、NHKの大河ドラマ『徳川家康』でした。

滝田栄さんは役作りをするとき、その人間を動かしている根本の力は何なのか、その力の質はどういうものなのかを考え、見つけ出すのだそうです。それを解ってこそ、演じることができるといいます。

ところが、家康という人間からはまったく何も摑《つか》めず、自分が演じるのは無理ではないかと、追いつめられていくばかりでした。

そこに行けば何かを感じることができるのではないかと、滝田栄さんは静岡県にある臨済寺を訪ねることを思いつきました。家康が八歳から十九歳までを人質として過ごしたところです。臨済寺に滞在中、出会った老師が、滝田さんの前に涅槃図《ねはんず》の掛け軸をかけてくださったそうです。

亡くなられたお釈迦様を囲んで、生きとし生けるものが涙を流している図でした。仏教や、お釈迦様についてよく知らなかったという滝田栄さんに、その涅槃図が表している意味を、老師は説いてくれたといいます。

「家康もこの図を雪斎《せつさい》禅師から示され、『仏陀《ぶつだ》（釈迦）のごとき将軍になれ』と説かれたのではないか」という老師の言葉に、滝田さんは得心しました。戦国の時代を終わらせた家康の根本の力は、「仏陀の悟りと平和を求める祈りであった」と確信することができ、家康を見事に演じきったのでした。

このことがきっかけとなり、滝田栄さんは、お釈迦様の教えである仏教へと心の軸が強く動くことになります。朝夕の坐禅をはじめたのも、そのときからでした。

そして、二〇〇一年、十四年にわたって主役のジャン・バルジャンを務めた『レ・ミゼラブル』の舞台が終わった翌日、五十歳の滝田さんは、インドへと旅立ったのです。

「お釈迦様の生まれた地で、自分の垢《あか》を落として大掃除したかった。自分を根本から真っ白にして、私とは何か、本当に知り尽くしたいと思ったんですね」

インドで二年間、坐禅をしていたという滝田栄さんですが、あえて仏教以前のところに入ってみようと、民俗宗教の体験もしてみたそうです。そのなかで、奇跡を起こして人を集めている行者が、お金に執着している姿を見ました。

滝田さんがインドでいちばん学んだことは、「自らが良く生きること」というお釈迦様の教えだったといいます。

インドから帰国した滝田栄さんは、それ以前から彫っていた、仏像の制作を再びはじめます。私が滝田さんが彫った仏像をはじめて観せていただいたのは、東京のご自宅に伺ったときでした。大きな仏壇に、二体の観音菩薩像が安置されていて、その美しい仏像に目も心も引き寄せられました。

お母さんが、一九九二年、七十七歳で他界されたとき、滝田さんは、どうすればお母さんへの深い感謝とともに、心からの冥福を祈ることができるだろうかと考えたといいます。観音菩薩像に手を合わせていたお母さんの姿を思い出し、それを彫ってみようと思い立ちました。

大阪での舞台の合間、「ナイフで鉛筆を削れるなら、仏像はだれにでも彫れます」という仏師の言葉に励まされ、寝る間も惜しんで一心に彫りつづけたそうです。不器用だったという滝田栄さんの、精魂傾けた観音菩薩像が完成しました。

　お父さんが旅立たれたときも、お母さんのときと同じように、気持ちを込めて観音菩薩像を彫り上げました。つづけて不動明王像を彫ったのは、五十五歳で他界されたお兄さんの供養のためでした。

　不動明王が、苦しみのなかへ飛びこんで人々を救済している姿が、生前のお兄さんの勇姿とそのまま重なったのだといいます。

　そのあとも、滝田栄さんの手からは、祈るように次々と仏像が彫り出されていきました。アメリカによるアフガンへの攻撃がはじまり、多くの命が失われたのは、滝田さんがインドにいたときのことでした。

「一体、いつまで人間は愚かなことを繰り返すのか。悲しみと怒りがおさまらず、何かしなければと思ったとき、そうだ、お不動様を彫ろうという思いが湧き起こったんです」

　滝田栄さんはインドから帰国後、等身大の不動明王像の制作に取りかかります。お金や物に支配され、自然を壊し、戦争を起こす人間の愚かさと社会の不条理。その怒りと救いを形にしたかったといいます。

四百キロもの楠《くす》の原木を角材にして、ノミでひたすら打ちつづけました。腰を痛めながらも連日連夜、渾身の力を込めて彫りつづけ、三年を経たとき、頭に蓮の花を乗せた不動明王が見事な姿となって現れてきたのです。

長野県の八ヶ岳のすそ野、標高千二百メートルのところに、滝田栄さんが仏像制作をしているアトリエがあります。そこで、その不動明王像を間近に目にしたときは、圧倒されるばかりの迫力に身がすくみました。身の丈が百七十センチ近くある不動明王像、その憤怒の表情や力みなぎる全身から、滝田さんの熱い思いが伝わってくるようでした。

そして、先日のことです。滝田栄さんから、その不動明王像の頭上にある蓮の花に安置する小さなお釈迦様を彫っているというお話を聞く機会があり、長野で仕事があったおり、アトリエを訪れてみました。

気温の低さと澄んだ空気のせいか、アトリエの周りに積もった雪が、ダイヤモンドのように陽光にきらめいていました。

金箔《きんぱく》で黄金に輝く蓮の花は、十六枚の花びらを開かせて完成していましたが、まだお釈迦様は彫り上げている最中です。たくさんの彫刻刀やノミなどの道具が、作業しているテーブルの上に並んでいました。早朝、三時に起きたという滝田さんは、外の空気の冷たさに身が引き締まり、制作に集中しているところでした。

自分自身の愚かさにも向き合い、反省や懺悔《ざんげ》の思いをも込めて、この不動明王像を彫っていたそうですが、一昨年、とうとう完全な形で彫り終えたとき、自分の愚かさが消えたように思えたといいます。

「煩悩や迷いも壊してくれ、イライラやムカムカしたものを、仏さまがもっていってくれたみたいなんです」

そういうものがなくなった境地はどういうものかと想像したとき、花を開かせたいと思ったのだそうです。

いまは不動明王に仕える童子を彫っているとのことで、制作中のものがアトリエに置かれていました。滝田さんが次に彫りたいのは、お釈迦様の涅槃図だといいます。

「形だけ求める仏像は彫れないです。自分の気持ち、境地を形にしていけたら、下手でもいいんじゃないかと。道元禅師の身心脱落という言葉がありますが、静かな境地を、なんとか生きているうちに極めてみたいですね」

そう語る滝田さんは、日常生活を送りながら、ご自分なりの道を求めていきたいと思われているそうです。

「一人ひとりが、本当にやすらかで幸福感にめざめていくときがきてほしい。自分は親に会えて幸せでした。二人が仏さまに手を合わせて一日がはじまる。その姿が心に焼きついています。多くのメッセージを与えてくれました。厳しいこともあったけど、すべてを学ぶために必要だったと思います」

滝田栄さんには、これからも仏像を彫りつづけてほしいと思いながらも、〝俳優、滝田栄〟でなければできない役を演じていらっしゃるところもまた観てみたいと、一ファンとしてはそんな願いを抱いています。

子どもをのびやかに育む

カンボジアを訪れて

春を前にして、残りの寒さをいとおしむかのように、凜と美しく梅の花が咲いていました。この同じ時期、二〇一〇年にも訪れた梅林に出かけてみました。前日の冷えこみと打って変わり、おだやかな陽射しのもと、梅の花は陽光を受けてきらめいていました。

咲いている花だけでなく、まるくふくらんだ蕾《つぼみ》も愛らしく、いっそう目が引きつけられます。梅の木に特有な曲がりくねった幹を見上げていくと、その幹から新しく伸びた緑色の枝は、目を見張るほど真っすぐに空に向かっています。

そんな蕾や枝に、育ちゆくみずみずしい生命力を感じました。自然界の光景は、そのまま人間にも当てはまるでしょう。子どもたちという小さな命の存在が、ふくよかに、のびやかに大きくなってほしいと、そんな願いもふくらむようでした。

いろいろな場で、子どもたちと出会う機会があります。島根県の隠岐《おき》にある、全校児童二十二人という小学校を訪ねたのは、二〇一〇年の暮れでした。その小学校の校長先生から届いたお手紙に、心を動かされたからです。

少し前に隠岐で開かれた私の講演会を、校長先生は聴いてくださったといいます。講演の感想などのあとに、「ありえないと思いますが」と控え目な前置きにつづけて、「二十二名の子どもたちと出会ってもらえたら」という願いがつづられていました。

隠岐のいくつかの島の一つ、西ノ島の黒木小学校は、隠岐でいちばん小さな小学校で、今年の春には他の小学校に統合されて閉校になるといいます。

「実現すれば、最高の閉校イベントになります」という校長先生からのありがたい申し出に、「はい、喜んで伺います」と、すぐお返事しました。ありえないわけがありません。

島根県内の港からフェリーに乗って西ノ島に渡り、黒木小学校の校門をくぐりました。豊かな自然に囲まれ、長い年月を刻みこんだ木造の校舎には、ぬくもりのある懐かしい雰囲気が満ちています。

子どもたちや父母のみなさん、地域の方たちにお話を聴いていただきました。また、授業を参観したり、子どもたちと一緒に給食をご馳走になったりと、楽しいひとときも過ごしましたが、なかでも胸に熱く響いたのは子どもたちの合唱でした。

私を歓迎して、体育館で小さな音楽会を開いてくれたのです。一年生から六年生まで、二十二人の気持ちと声が合わさった歌声は、子どもたちのやさしい素直な心と、一生懸命さが伝わってくるものでした。

一人ひとり、どの子どもからも、いきいきとした命の輝きを感じました。閉校という現実のなかで、それをもバネにして、子どもたちが成長をつづけているのがわかりました。

子どもの伸びゆく力を育むのには、身近な親や先生をはじめ、周りの大人たちの、子どもにそそがれる思いのたけがいかに大事なのかを、二十二人の子どもたちの姿をとおして、あらためて実感させられるようでした。豊かな自然環境も、かけがえのないものでしょう。

二〇一一年二月には、カンボジアの子どもたちとの、新たな出会いの機会もありました。はじめてのカンボジアへの旅でした。以前より一度は訪れてみたいと思っていたのですが、ようやく叶えることができました。まず、そのいきさつです。

「虹色の空に蓮の花」の章のなかで、二十数年来の友人であるカンボジア人女性、ペン・セタリンの話を書きましたが、彼女は現在、プノンペン大学の大学院で教鞭《きょうべん》をとっています。重複してしまいますが、再度、セタリンについて少しふれさせてください。

彼女は一九七四年、日本の文部省の国費留学生として来日しますが、そのあとカンボジアはポル・ポト政権となります。その時代、多くのカンボジア国民の生命が失われたといわれていますが、ご両親と四人の弟や妹たちも犠牲になりました。

一九九一年、日本で「東南アジア文化支援プロジェクト」、通称CAPSEA（キャプシー）というNGOの支援組織を立ち上げたセタリンは、識字表や教科書を作り、それらを母国に送る活動をはじめます。

ポル・ポト政権崩壊後も内戦状態がつづき、カンボジアの子どもたちが平和の大切さや思いやりの心を学ぶ教材がなかったためです。

「東南アジア……」という名称には、「カンボジアだけでなく、ベトナム、ラオス、タイなど、東南アジアの人たちが、これまでの歴史を正しく認識したうえで、それぞれの文化を大事にして平和に暮らせるようにならなければ、カンボジアに本当の平和は訪れない」という、セタリンの思いが込められているといいます。

東南アジアを東アジアと言い換えれば、日本、朝鮮半島、中国など、東アジアに住む私たちにも当てはまるようです。

一九九五年、プノンペンにもCAPSEAの事務局が作られ、子どもたちのための児童館が設けられました。車による移動図書館も行われており、カンボジア語に翻訳された、日本の童話や絵本などが子どもたちのもとに届けられています。

セタリンは、長い戦乱とポル・ポト政権下の悲劇を経て、現在のカンボジアの人たちの心が荒れてしまっているのが、何よりの問題だといいます。だからこそ、若い人たちへの教育とともに、未来を担《にな》う子どもたちが心を育むことができるように力を尽くしているのだそうです。

ある文化団体の主催で、私が韓国の各地を同行する旅の企画が定期的にもたれていますが、今年は韓国ではなく、カンボジアをめぐることにしました。二〇一〇年からプノンペン大学に赴任しているセタリンのもとを訪ねることも、旅の目的の一つです。

彼女がやっていることを直に見ることによって、カンボジアをより身近に感じ、理解を深めることができるのではないかと思いました。

実際に出会うことに、勝るものはないでしょう。特にカンボジアの子どもたちと旅の参加者たちがふれ合うのは、きっと、どちらにとっても実り豊かなものになるにちがいありません。

二〇一一年十一月に予定されている、その旅の企画の前に、私がまず現地を訪問することになりました。そういったいきさつがあり、二月の半ば、カンボジアをめざし、ひとり成田空港を飛び立ったのでした。

韓国の仁川《インチヨン》国際空港を経由して、プノンペン国際空港に到着しました。夜の十一時近かったのですが、出迎えてくれたセタリンとともに、プノンペン郊外にあるCAPSEAの事務局に向かいました。彼女の住居にもなっているそこが、私の宿泊場所になります。

樹々や花に囲まれた事務局は、想像していた以上に広々とした、美しい景観の施設でした。

翌朝、トゥクトゥクと呼ばれる乗り物（バイクの後ろに座席を取りつけたもの）で市内を走り、セタリンが案内してくれたのが、トゥール・スレン博物館です。高校だったというその建物は、ポル・ポト政権時代に刑務所として使われ、多くの人々がむごい拷問を受けた場所として知られています。

二万人収容されて、そのうち生還できたのはわずかに六人だったそうです。どれだけのことがあったのかと言葉を失います。学びの場が、そんな使われ方をされたということにも耐えがたい思いです。

戸が開け放たれているので、室内に置かれた、拷問のための鉄のベッドが外からでも目に入ってきます。足がすくむようでした。セタリンのお父さんが、いつ、どのように亡くなられたかは不明のままです。

「ここでお父さんが拷問にあったのかもしれないと思うと、とても中まで入って見ることができない」と語るセタリンに、返す言葉もなく、ただ黙って頷くことしかできませんでした。

私の足が立ち止まってしまったのが、部屋の外の壁一面に貼られていた写真の前です。まるで証明写真のように、たくさんの子どもたちが一枚一枚写っています。殺される前に撮られたものだそうです。

伸びゆく命を、無慈悲にも絶たれた子どもたち。どれほど恐ろしく無念だったことでしょう。

こんなむごいことをどうしてできるのかと思いますが、子どもをのびやかに育むのも大人であり、まったく逆のことをするのも、また大人であることを思い知らされるようでした。私自身が、そんな大人の一人として、その責任と重さを痛感します。

プノンペンの街は人々の交通手段であるバイクが縦横無尽に走り、その活気に圧倒されるばかりでした。冬の日本から一転して真夏のカンボジアは別世界でしたが、気候だけでなく、観光客相手に物を売っている子どもや、学校に通っていない様子の子どもたちの姿は日本との隔《へだ》たりを感じました。

事務局にもどって、いよいよ児童館に集まっている子どもたちとの初対面です。児童館に足を踏み入れると、たくさんの絵本や童話、教科書など、館内をうめている本の山が目に飛びこんできました。二十人ほどの子どもたちは机の前に座って、保育士の女性の紙芝居に見入っているところでした。

二歳から十二歳くらいまで、年齢がさまざまな子どもたちと一人ずつ挨拶を交わしたあと、遊びの輪に入れてもらいました。言葉が通じないのが残念でしたが、ぬり絵や折紙など、時間が経つのを忘れてしまいます。

セタリンは最初に事務局を建てるとき、プノンペンでもとりわけ生活が困難な地域を選んだといいます。もっとも必要とされる場所にと思ったからでした。当初、多いときは、百人もの子どもたちを抱えたこともあったそうです。

カンボジアの学校は二部制で、午前と午後に分かれています。学校に通っている子どもは、その空いている方の時間帯に児童館に来ているのだそうです。しかし、やはり学校に通えないでいる子どもたちが多く、児童館で文字の読み書きをおぼえるといいます。

児童館に来ている子どもを、お母さんが仕事をさせるために呼びにきても、「文字を教えているから」と伝えると、そのまま帰っていくそうです。お母さん自身も読み書きができないので、その必要性がわかるからでしょう。

事務局の隣にいまにも崩れそうな長屋があり、そこに住んでいる三人の男の子たちは、児童館が開くやいなや飛ぶようにやってきます。

四歳と二歳の二人は兄弟なのですが、四歳のお兄ちゃんがご飯を炊いてかたづけなどの家事をやり、二歳の弟の世話もしていると知って、本当に驚きました。

もう一人の九歳になる男の子は、自分の弟たちのように、その二人の面倒をみているのです。その姿を見ていると、なんとも微笑ましくなります。ただ、どちらのお母さんも生活に余裕がないせいか、始終、子どもに手をあげているようで、特に兄弟のお母さんからは、子どもたちへの激しい怒声しか聞こえてきません。

それでも児童館では、三人ともはじけるほどの笑顔と明るさで飛び跳ねています。いやなことがあれば、真っ先にセタリンに聞いてもらいにくるといいますから、児童館とセタリンの存在は、きっと子どもたちにとって救いとなっているのでしょう。

「ここに来る子どもたちは、ほんとに無垢《むく》だよ」という彼女の言葉に共感をおぼえます。どの子どもも決して恵まれた環境にはいないのに、未来を照らすような瞳のきらめきは、宝もののように思えます。

滞在している間中、一人ひとり、子どもたちを抱きしめてばかりいました。言葉が通じない分、自分の気持ちを子どもたちに伝える手立てでしたが、いつも悲しそうな表情をしている小さな女の子が、少しずつ笑顔になっていくのがうれしかったです。

途中からは、私を見ると、みんな抱きしめてもらうために走り寄ってくるようになりました。どの子どもも抱きしめられると、一様にほっと安心するかのようでした。

「抱きしめる」というのは大人が子どもにしてあげられることの一つですが、こんなシンプルなことが、実はいちばんなのかもしれません。

児童館に集まる子どもたちは遊ぶおもちゃなどなく、自分の文房具やかばんを持っている子どもは、ほとんどいないでしょう。そんな環境を見聞きすると、「日本の子どもたちは、物があることをありがたく思いなさい」とか、「自分は恵まれていると思った」といった声が周りでよくあがります。

そういうとき、どこか違和感をおぼえてしまいます。物があるなしで比べたり、恵まれていることを確認したりするのは、なんだか傲慢《ごうまん》で的外れな感じがするのです。置かれている状況がちがっても、どんな逆境にあっても、大人が想像する以上に子どもは生命力を発揮して、それぞれにたくましい存在にちがいありません。

ただ、成長に必要な食べものを与えられない、学ぶ機会が与えられないというのは、大人の側に大きな問題があり、責任があると思うのです。二人の兄弟の世話をしている九歳の男の子の利発さに、その子の将来が気にかかりました。可能性や能力を伸ばすことができるのだろうかと。

セタリンに問いを投げかけてみると、つらい答えが返ってきました。

「あの子どもたちのお父さんは仕事がなくて、たまに建設現場で働くことができても、一日一ドルくらいにしかならない。学校に行けない九歳の男の子も、将来はお父さんと同じような道しか選べないのが、いまのカンボジアの厳しい現実なの」

心がふさぐ思いでした。世界中にそんな子どもたちが、一体どれだけいることでしょう。カンボジアだけでなく、どこの場所でどんな親に生まれても、子どもたちが伸びていく環境を作るのが、私たち大人がやるべき最重要課題ではないかと思いました。児童館で出会った子どもたち、まもなく廃校となる隠岐の黒木小学校で出会った子どもたち……、一人ひとりの子どもたちがのびやかに育まれるように、私も応援しつづけていきたいです。

CAPSEAの重要な活動の一つに、移動図書館があります。週に二回、遠くの村々や学校を回っているそうで、私も移動図書館の車に同乗させてもらいました。プノンペンから郊外へと一時間以上走り、赤茶色の道をくねくね曲がって、到着したのは小さな村でした。

事務局の女性の職員が車から取り出したゴザを敷くと、あちこちから、たくさんの子どもたちが集まってきました。赤ちゃんを抱いた小さな女の子も、一目散に駆けてきます。大人から、おじいさんや、おばあさんまで、子どもたちと一緒にゴザの上に座ると、「さあ、はじまりです。

職員が朗読する紙芝居や絵本の読み聞かせに、みんな身を乗り出しながら、楽しんでいる光景が見られました。その内容に応じて、子どもたちの表情がころころ変わっていきます。子どもたちの笑い声が周りに広がり、きらきら輝く瞳がまぶしいほどでした。

「今度はいつ来るの？」と私にまで尋ねてくれる女の子に、「もう少ししたら、また来るからね」と約束しました。

十一月の旅で、児童館や村の子どもたちと再会するのが、いまから待ち遠しくてなりません。

お日さまとやさしい心でいつかきっと元気がなおる

人間も自然界のなかの一存在であり、自然のおかげで生かされていることに間違いはありません。私自身、周りの自然から、いつも大きな力をもらっているという実感があります。

そんな大事な自然ですが、しかし私たち人間にとって、ときに脅威となってしまうことを、天災によって思い知らされます。

三月十一日の午後に起きた、東日本大震災。関東で暮らしているので、かなりの揺れを体験しました。電車の運休で帰宅に苦労しましたが、ようやくたどり着いたあと、その地震がどれほど大きなものであったかを知りました。

それ以後、次々に報じられる東北地方の大変な被害状況を知るにつけ、胸がつぶれるような思いがつづいています。このような思いは私だけではないでしょう。

地震による津波で、無残に姿を変えてしまった集落の光景には、ただ、言葉を失うばかりです。自然の恵みを与えてくれる海が、あんなにも凄まじい勢いで、人々の平安と日々の営みを奪い去ってしまうとは。テレビに映し出される、がれきと化した一面の惨状。画面で目にするだけでも立ちすくむような思いがしますが、実際に被災された方たちにとっては、どんなに耐えがたく、どれほどの痛みがあることでしょうか。

この地震と津波によって、非常に多くの死者と行方不明者が数えられています。その数字の一つひとつには、一人ひとりのかけがえのない人生と命の重さ、そして、残された人たちの深い悲しみが込められているようです。

自然界が引き起こす現象として、地震や津波は避けられないものでしょう。大きな災害があるたび、世界のいろいろな地域から、その被害の様子が伝わってきます。日本も地理的に地震が発生する位置にあり、過去を振り返ってみても、地震の被害を幾度となく受けてきました。これから先も、いつ、どんな自然災害に見舞われるかわかりません。

自然の威力に、一瞬にして生死が翻弄《ほんろう》されてしまう人間。大いなる自然の前では、私たち人間がいかに小さな存在であり、無力なのかを痛感します。加えて、無常感すらおぼえます。

思えば、この瞬間、だれもが「明日をも知れぬ命」を生きていると言えましょう。命が明日もつづくという保証はありません。いつ、どこで、事故や事件、病気、自然災害などに遭遇するかもしれないのです。

いま、自分が生きている、生かされているということに、あらためて思いが至ります。「一日一生」という言葉が、いつにも増して心に響いてくるようです。

その言葉をいっそう胸に刻みつけ、一日、一日を、心して過ごしていかなければと思います。自分に与えられている命の時間、その限られているときを、感謝の気持ちを忘れずに、自然に対する謙虚な思いをもって。

「すべてが危機的状況です。日本の終わりの始まりかもしれません」

地震による被害で、福島県の第一原発で起きた爆発事故と、流れ出た放射能。原子力に詳しく、テレビで事故の解説をしている友人からのメールです。深刻な内容にドキッとしました。

現場では懸命の作業が行われているようですが、刻々と状況が変わっていくなか、この文が出るころにはどうなっているでしょう。放射能の危険と隣り合わせで、力を尽くしている作業員の人たちの安全を祈りながら、その危機的状況を、なんとか立て直し、沈静化させてほしいと願うばかりです。

以前より事故は心配されていたことでした。これは、天災というよりも人災と言うべきものでしょう。いくら安全が唱えられていても、絶対ということはありえません。原発で大きな事故が起きてしまうと、取り返しがつかないほどの深刻な被害を生んでしまいます。地盤に不安がある地に、しかも海岸に沿って、現在多くの原発が建てられていますが、この先それらは大丈夫なのでしょうか。

今回の原発の事故により、福島県内の住民は屋内退避や遠方への避難を余儀なくされ、大変な不自由と負担を強いられることになりました。そのうえ、農作物の放射能汚染に風評被害まで加わり、二重、三重の被害を受けています。

福島県の第一原発で作られた電気は、主に首都圏に供給されていたといいます。それによって、私自身が日常の電気の恩恵を受けていたことを思うと、被害が集中している住民の方たちに申しわけないという気持ちになります。福島県の問題を、他人事にしてしまうのは、決して許されないことでしょう。

あるのが当たり前のように電気を使ってきました。周りを見渡しても、たくさんの電化製品に囲まれています。現実に、電気のない生活は考えられません。しかし、過剰なまでの冷暖房や不必要な電灯など、思い浮かべるだけでも、私たちの社会は必要以上の電力を浪費してきたように思えます。

一日中、閉じることのないお店や、一晩中、煌々《こうこう》と灯りがまぶしい繁華街。いつから私たちは、こういう〝不自然〟な生活のなかに、違和感をおぼえることなく身を置くようになったのでしょうか。

陽が昇れば起き、陽が沈めば休む。そんな自然の道理に合った暮らしから、文明の発達とともに、より効率的に、より便利に、より豊かにと、私たちの暮らしは大きく変わってきました。

それを否定して昔に戻せというわけではないのですが、少し立ち止まって、暮らしを見直す大事な機会なのかもしれません。以前、自著のなかで紹介した、こんな話を思い出します。

ネイティブ・アメリカンの長老が、仲間とともに馬で移動していたときのことです。先頭を走っていた長老が突然立ち止まりました。仲間の一人が「どうしたのか」と聞くと、長老はこう答えたそうです。

「あまり速く走り過ぎたため、魂が追いつかない。それで止まったのだ」

私たちは、いつの間にか、どこかに大切なものを置き忘れてきていないか、どこかで道を間違えてはいないかを、ゆっくりと心を静めて思い返してみることが必要ではないでしょうか。

原発の事故をとおして痛感させられたのは、私たちの日常生活が、いかに危うさと、もろさの上に立っているかということです。放射能の汚染の問題とともに、現在、関東近県では電力不足から計画停電が行われ、節電が呼びかけられています。

願わくば原発に電力を頼るのではなく、原発以外の自然エネルギーを活用する方向へと進むことはできないのでしょうか。この事故を機に、子どもたちの未来のためにも、私たちが真剣に考えねばならないことがあるように思えてなりません。

テレビ中継のなかで、津波による被災地の惨状を、戦争の被災地にたとえていた記者がいましたが、大震災があった前日の三月十日は東京大空襲の日でした。

一九四五年の三月十日未明、米軍機による大量の爆撃で、東京の下町が焼失しました。死者は十万人以上といわれています。

戦争こそ、人災の最たるものでしょう。国と国の争いに人々を巻きこみ、敵同士とされ、憎しみを煽《あお》られます。その結果、人の命を奪うことが正当化されて、心が失われていきます。戦争ほど、人間のなかにある悪しき負の部分を表出させ、ふくらませるものはないでしょう。

それと対極にあるものとして、国や民族を越えて広がる人々の温かい心を、この大震災で知ることができました。

中国の大学生が「がんばれ日本」と義援金を集めている姿や、韓国をはじめ、多くの国の人たちが日本への支援の声をあげている様子が、さまざまなメディアをとおして、次々と伝えられてきます。

日本との間に横たわっている領土問題などの摩擦も、こういうときには吹き飛んで、見舞う心や助けたいという気持ちがわき上がってくることに、人間がもつ良心の輝きを感じました。

最終的には二十四の国と地域の救助隊・医療チームが活動し、百六十三ヵ国の地域および四十三国際機関から支援の申し出があったそうですが、同じ被災地の一角で、アメリカと中国が共同で救助活動をやっている映像も印象的でした。

　また、支援の申し入れは、百十七を超える国や地域からもありました。いまなお民族間の対立がつづくコソボや、戦火にあるアフガニスタンからも、支援の手は届いたといいます。

　日本がこれまでに国際社会で行ってきた、諸々《もろもろ》の援助があってのことだとしても、大変な自然災害で困っているとなると、すぐに一丸となって支援の手を惜しまない国々と人々の姿に、やはり、希望の光を感じました。

「やればできる」という言葉があります。私たち人間は、戦ったり、争ったり、憎んだりするばかりではなく、助け合ったり、支え合ったり、わかり合うことで、ともに生きていくこともできると思いたいです。それこそ「やればできる」にちがいないでしょう。

　被災地で活動する、たくさんのボランティアの人たちがいます。テレビの画面に、日本人だけでなく、パキスタン人のボランティアの男性が映っていました。その人が、「なんにもできなくても、相手の話を聞いてあげるだけでも役に立つようですよ」と語っているのを聞き、私の心までほぐされるようでした。

　同じく、インド人の男性二人が、避難所に避難している人たちに、カレーや温かいインド茶をふるまっている光景も目にしました。ボランティアでつながる、異文化交流とも言えるでしょう。

日本人の男性上司が中国からの研修生二十人の安全を守りぬき、ご自身は津波の犠牲となったという、胸の熱くなる痛ましい話がありました。その日本人男性の勇気ある行動は、中国内で強い感銘をもって伝わっているといいます。

避難所でも、周りの人たちに親切にしてもらっていると語る、いろいろな国籍の被災者たちの姿がありました。

時代的背景も状況もまったく違いますが、「慰霊の鐘が鳴るお寺」の章でつづった、八十八年前の関東大震災時に朝鮮人が被った受難を思うと、何々人と線を引いたり壁を作ったりすることなく、当たり前のように人々が心を通い合わせていることに、安《あん》堵《ど》感《かん》をおぼえます。

いま、日本中から津波に負けない勢いで、被災者への支援が続々と寄せられています。人の痛みを受けとめ、思いやるという気持ちが、その支援のなかに込められているのを感じます。

想像が及ばないほどの困難とつらさのなかで、不自由な生活を送られている被災者の方たち。そのがんばりぬく姿には、本当に頭が下がるばかりです。

しかし、充分過ぎるほどがんばっている被災者の皆さんたちが、これ以上がんばらなくていいように、一日も早い復興と生活の安定のため、国と自治体こそが、いちばんにがんばるべきでしょう。

また、「困ったときはお互いさま」といいます。もし自分が被災者だったらという想像力を働かせて、私たちにもできることを、どんな小さなことでもやっていきたいものです。

原発事故の起きた福島をはじめ、被災地では、これから多くの問題が浮き上がってくるでしょう。時間の流れとともに関心が薄れたり、おざなりになったり、ましてや風評被害や人権侵害が起きたりといったことがないように、私たち一人ひとりが気をつけていかなければと思います。

「お日さまとやさしい心で　いつかきっと元気がなおる」。これは、阪神・淡路大震災のあと、石川県の特別支援学校に通う男の子が、被災者に心を寄せて書いた詩の言葉です。目にしたとき、その言葉に包まれて元気がなおる感じがしました。

いのちを育むお日さまの光は、自然から与えられる宝ものでしょう。そして、やさしい心は、人間がもっている宝ものでしょう。二つの宝ものの温かさで、被災者の方たちの元気が回復し、本来の元気な力が湧いてくることを、願ってやみません。

私の友人が原発事故のときにメールで送ってきたように、日本は確かに「危機的状況にある」でしょう。でも、だからこそ、それを乗り越えて良いものへと生かしていくことができたら、マイナスが大きなプラスとなります。

「日本の終わりの始まり」を、本当に望ましい日本に再生する新たな一歩にしていけるかどうかは、いま、この地で生きている私たちにかかっています。

春四月。寒さが去り、暖かい春が、東北の地に一日も早く訪れますように。

「無言館」への道のり

盛夏。青く広がった空に真っ白な雲が浮かび、太陽が燃えるように揺らいでいます。その強い陽射しが放つ熱さが、この猛暑の夏を生み出しているのでしょう。

夏が暑いのは、太陽の光が真上近くに来て照らすからだそうです。地球が惑星の一つだからですが、その地球は、かけがえのない〝いのち〟の場でもあります。生きとし生ける無数のいのち。そのつながりのなかで私たちも生かされ、空気や水、大地といった地球の恩恵を受けています。それなのに、人間の不遜《ふそん》さと愚かさは、その〝いのち〟の場を壊し、汚染させてきました。

福島での原発事故から四カ月以上過ぎましたが、依然、目に見えない放射能への不安は深刻で、厳しい状況に変わりはありません。放射能汚染は大気や海をとおして、日本国内だけでなく、海外へも広がっているといいます。

原発がこのような事故を起こせば、取り返しがつかないほど、どれだけひどく大変な事態になるのかを思い知らされているようです。絶対に安全ということなどあるはずがなく、今後も他の原発で、新たな事故が起きる可能性は否定できないでしょう。

たとえ事故がなくても、核のゴミや放射性廃棄物をどう処理し、処分するかという難しい問題を抱えています。また、原発の耐用年数が過ぎたあと、それを廃炉にすることも、解体することも容易ではないそうです。

それらの放射性物質が、この先ずっと地球を脅かしつづけ、後々の人たちにまで、尽きることのない負担を強いていくと思うと、この時代の原発の存在に責任を感じずにはいられません。

「地球（いのち）と原発は共生できない」ということを、私たち一人ひとりが真剣に考えるときが、いま、本当にきているのではないでしょうか。

原発と同じく、原子力によって作られたのが原爆などの核兵器です。現在、世界各国が有している核兵器が使われると、その破壊力で地球はなくなってしまう可能性すらあります。

人間のせいで、あらゆるいのちが失われ、何よりも人間自身が生きられなくなるのです。そんな最悪なことにならないように、世界中から、なんとしても核兵器が廃絶されることを願わずにはいられません。それが実現されるまで、一歩一歩、あきらめることなく。

広島と長崎に原爆が投下された八月を迎えると、その思いをいっそう強くします。この地球上のどの場所においても、原爆による惨禍を、私たちは二度と繰り返してはならないでしょう。

それにしても、あんなに恐ろしい爆弾を考えついた科学者や、その使用を決断し、実際に人間の上に落とした政治家の心の中は、一体どんなふうになっていたのかと、奥底まで確かめたい気がします。

八月六日と九日、そして十五日。炎暑の八月には、かつての戦争を振り返り、戦争について、あらためて考える機会を与えてくれる日が刻まれています。人間にとって、最大の愚行悪行である戦争。戦争は、これ以上ないほどの環境破壊であり、いのちを奪うことを目的とした、殺戮《さつりく》そのものです。

いまなお、世界の各地で戦火が絶えませんが、新聞やテレビなどのメディアは、戦争の犠牲者を数字にして報道します。その数字の向こうにそれぞれの命があり、人生があることが、なかなか実感として伝わってきません。

当たり前のことですが、一人ひとりに私たちと同じように名前があって家族がいて、うれしいことや悩み事があり、夢や望みをもっていたでしょう。それが突然、人生と未来を断ち切られてしまいました。みんな生きたかった命なのです。

一九四五年八月十五日に戦争が終わって、今年で六十六年目となります。日本による戦争で、どれほど多くの命が奪われたことでしょうか。大切な家族を失った、そのご家族たちの心の痛みと悲しみ、そして、戦死された方たちの無念さは計りしれないものがあるでしょう。

戦地へと駆り立てられた若者たちのなかに、美術学校の生徒や卒業生たちもいました。彼らは絵筆を置いたまま、遠く故郷を離れざるを得ませんでした。そして、その多くの人たちが、再びそれを手にとり、新しい絵を描くことはできませんでした。

戦死した画学生たちが描き残した絵と遺品を集めて、展示をしている私設美術館があります。「一人でも多くの人に絵を見てもらいたい、心に留めてもらいたい」という願いがわき上がってくるような、そんな美術館です。

その美術館の正式名称は、戦没画学生慰霊美術館「無言館」といいます。一九九七年の初夏、長野県上田市の郊外、緑豊かな自然に囲まれた山王山という小さな山の上に建てられました。

私が「無言館」をはじめて訪れたのは、開館されて数カ月経ったころでした。坂を上り、コンクリート造りの建物の前に着いたとき、澄んだ空気と吹きわたる風を、心地よく感じた記憶があります。

屋外の明るさとは対照的に、照明を抑えて、やや薄暗くなっている館内に入ると、少し張りつめた雰囲気と静謐《せいひつ》さに包まれました。

並べてある絵の前に立つと、どの絵からも、胸の奥深くまで、沁み入るように迫ってくるものがあり、表すべき言葉が見つかりません。一点一点の絵をとおし、作者たちと心で対話をしているような気がして、その場から、なかなか動けなかったのをおぼえています。

また、周りにいる人たちも一様に言葉を発することなく、静かに絵に見入っていたのが印象的でした。

『無言館を訪ねて』（講談社）という画文集に、来館者が「感想文ノート」につづったメッセージが載せられていますが、その中から、いくつかを紹介させてください。

〈絵から「生きていたい、生きていたかった」という思いがひしひしと伝わって来る。生きたくても生きられない時代など、もう二度とつくらないようにしなければ……〉

〈「無言館」とは画学生たちの遺作が無言のうちに語っているところと思って来たが、絵を見に来た者が言葉をなくすところでもあった。画学生たちの無念と戦争のおろかさを強く感じた〉

二〇一一年の五〜六月には、「無言館」の所蔵作品による作品展が、横浜の赤レンガ倉庫を会場に開かれました。会場内の展示は、そのまま「無言館」が再現されたようでした。再度、絵を間近に見る機会に恵まれ、そのおり、目と心に焼きついた絵の数々が、いまも鮮明に浮かんできます。

祖母や両親、妹、伴侶といった家族たち、そして、身近な自然や故郷の風景などを描いたものが多くあり、家族を慈しむ深い愛情と絆、自然や故郷をいとおしむ温かな気持ちが、伝わってくるようでした。

時代の流れとともに、現在の日本社会で失われつつある大事なものが、そこには込められているのを感じました。

絵の横には、作者の履歴と、ご本人を紹介する言葉が付け加えられています。それを読みながら絵に目を移すと、よりいっそう伝わってくるものがありました。

ルソン島で戦死した日高安典さんが、愛する人を描いた絵に、添えられていた言葉の一部です。

「あと五分、あと十分、この絵を描きつづけていたい。外では出征兵士を送る日の丸の小旗がふられていた。生きて帰ってきたら必ずこの絵の続きを描くから……。

安典はモデルをつとめてくれた恋人にそういいのこして戦地に発った。しかし、安典は帰ってこれなかった。……」

決して著名な画家が描いたものではないのに、画家の卵である画学生たちの絵に惹きつけられ、強い感銘を受けます。

いつ絵が描けなくなるかわからないという、非常に限られた厳しい状況のなかで、時を惜しみ、もてる力と青春の情熱を集中させた絵には、特別な輝きと力があるからでしょうか。

上田市にある「無言館」では、画学生たち三十余名の遺作や遺品、合わせて三百点ほどが展示されていましたが、横浜の会場にも、絵の他に、戦地から家族へ送られた葉書や、スケッチブックなどが並べられていました。

なかでも使いこんだ絵具や絵筆などは、持ち主の鼓動まで伝わってくるようで、胸がふるえました。

絵を描くと夢中になり、絵の道に進みたいと考えたこともあった私にとって、絵筆を握る人間が銃を持って戦ったことに、耐えがたい思いがします。どんな人も戦争とは相容れないと思いますが、とりわけ、自由でやわらかな心、想像力と豊かな感性が求められる画学生にとっては、戦争は対極にあるものだったでしょう。

横浜の会場の一隅に、こんな言葉が掲げられていました。「無言館」を象徴するメッセージのようでした。

「画家は愛するものしか描けない。相手と戦い、相手を憎んでいたら画家は絵を描けない。一枚の絵を守ることは、『愛』と『平和』を守るということ」

これは、「無言館」の館主、窪島誠一郎さんの信念が込められた言葉ではないかと思いました。窪島さんは、全国に散らばる戦没画学生のご遺族を訪ね歩き、画学生たちの絵や遺品を集めて、「無言館」を建てた方です。想像するだけでも、それを実現させるまでの道のりは、どれほど大変であっただろうかと思います。

その道のりの出発地点には、洋画家の野見山暁治《ぎょうじ》さんの存在がありました。戦争中、野見山さんは美術学校を繰り上げ卒業し、兵役に就きました。幸いにも戦地から生還することができたといいますが、戦死した美術学校の仲間たちのために、野見山さんは、遺された作品をまとめた一冊の画集を出版したそうです。

当時、すでに窪島さんは上田市の一画に、夭折《ようせつ》画家の絵を展示した「信濃デッサン館」を開いていましたが、その画集と、野見山さんご本人との出会いが、新たな私設美術館「無言館」の誕生へとつながりました。

戦後五十年という歳月に、画学生たちの遺作は傷《いた》み、保存状態は限界でした。「この世から絵が消失してしまう前に、ご遺族のもとにある絵を集めて美術館を」という野見山さんの願いに、窪島さんは共鳴したといいます。

そこから約二年間、ご遺族を訪ねる旅がはじまりました。窪島さんの数々の著書のなかには、その旅の様子がつづられていますが、窪島さんは一つひとつの絵に、戦死した画学生たちのさまざまな人生を感じ、心が揺さぶられました。

そして、高齢になった遺族の方たちが、それらの絵をどんな心情で大切に守ってこられたかを知り、美術館で展示し、保存していくことの責任と重みを、あらためて痛感しました。

ご遺族から託された絵や遺品は少しずつ集まっていきましたが、窪島さんには、建設場所や多額の建設費用をどうするかという難題がありました。しかしその難題も、思いがけず、地元の自治体や銀行から手が差し伸べられることになり、また、その趣旨に賛同した全国の人たちから寄付金などが寄せられた結果、解決することができたのでした。

そして、ついに「無言館」は完成したのです。窪島さんにとって、「無言館」を作り上げたことは、どんな意味をもっていたのでしょうか。それはそのまま、「無言館」への道のりと、つながっているように思えます。

窪島誠一郎さんが生まれたのは、一九四一年、太平洋戦争の開戦の年でした。東京の世田谷区明大前で、靴修理店と学生下宿を営んでいた、実直で働きものの養父母に育てられたといいます。

　しかし、激しくなる空襲に、まだ幼かった窪島さんを連れて、養父母は宮城県の石巻へと疎開しました。その間に山の手一帯は焼夷弾《しょういだん》で火の海となり、戦後、一家が戻ってきたときは、辺り一面、焼け野原になっていたのでした。

　住む家と生活の手立てをすべて失ってしまったため、一家は狭いバラックに住み、養父母は明治大学の前にゴザを敷き、靴みがきと靴の修理に精を出す毎日となりました。

　そんな養父母の姿と、あまりにも貧しい生活が、たまらなく嫌でつらかったという窪島さんは、あるときから、養父母ではない本当の親がいるのではないかと思うようになったといいます。

　養父母が高齢だったのと、非常に小柄な養父母にくらべて、ご自身は身長が高く、顔形もまったく似ていなかったためです。他にも違和感をおぼえることがあり、幾度となく、事実を養父母に問い詰めたそうですが、あいまいに返答を避けるばかりでした。

　窪島さんは、細い糸をたどるように、二十年近くにわたって親探しをしたといいます。その努力が実を結び、窪島さんが三十五歳のとき、ようやく実父を探し当てることができました。

なんと、窪島さんの実のお父さんは、作家の水上勉さんだったのです。窪島さんが生まれた当時、水上さんは仕事のない状態で結核にかかっており、子どもに感染することを恐れた実母が、二歳だった窪島さんを知人に託しました。そこから養父母のもとへ、引きとられたということだったのです。

窪島さんが養父母とともに疎開していたとき、水上さんは幼子の消息を尋ねて、一家の暮らしていたはずの場所を訪れたといいます。しかし、その一帯は焼け野原と化していました。「幼子は、戦災の犠牲になってしまった」と、思いこんでしまったそうです。

再会後、水上さんが八十五歳で他界されるまで、お二人の〝父と子〟としての親交がつづきました。窪島さんの著書のなかには、水上さんとの対談などが収録されたものがあります。

七月の暑い日の昼下がり、東京でお会いして、窪島さんにお話を聞かせていただく機会がありました。そのなかで、劇的な父子の再会を、「ドラマチックですね」と思わず私が口にしたとき、窪島さんからこんな言葉が返ってきました。

「『ドラマチック』という言い方は、おかしい。終戦後、離れ離れになった人間は何万人もいたわけだから、自分の生きてきた道が、他の人とくらべて特別なものだったとは思っていないです」

戦争によって、運命を翻弄《ほんろう》された人たちの別れや再会は、確かに数限りなくあったと思います。だれかの人生が特別ということではなく、どんな運命のなかでも一人ひとりが、与えられた自分の〝いのち〟を、どう生きていくかということなのでしょう。

窪島さんが、経てきた道のりです。

「こんな貧乏な生活から一日も早く脱け出したい。なんとしても、お金持ちになりたい」と、子どものころから思いつづけていたという窪島さんは、高校を中退したあと、さまざまな職業を転々としたそうです。お金儲けだけを目標にして、戦後の高度経済成長を生きてきました。

「半生のほとんどが、物や金を追い求めるだけの日々でした」という窪島さんですが、二十歳だったとき、「魂が抜きとられて、抜けがらになっていく感じがあった」といいます。その対価のように、二十代ではじめた水商売で、たくさんのお金が入ってきました。

そこで窪島さんは、自分を見失っていた時間を穴埋めしたいと、好きだった絵画の収集をはじめたそうです。子どものころ、絵描きになる夢があったといいますが、窪島さんの心を惹きつけたのは、夭折した画家たちでした。そして、それらの作品を集めて、「信濃デッサン館」を建てることができたのです。

窪島さんが「無言館」を建てたのは、それまで戦争について考えたこともなく、ずっと戦争から目を離して生きてきた、そんな自分自身への罰のようなものだったといいます。

「戦争では三百万人の人たち、沖縄では二十数万人の人たちが亡くなりました。戦後、日本はビルや高いタワーを建ててきたけれど、自分の根元に埋まっている死者たちの声に耳を傾けないまま、繁栄を求めて走ってきましたよね。

自分は、そんな歩く戦後そのものだと思うんです。そのお仕置きが、画学生たちの絵を訪ね歩く旅だったように思えます……」

画学生たちの絵を見て、戦争について考えるにつれ、窪島さんは、「いままで養父母が生きた時代に思いを馳せることもなく、いかにないがしろにしてきたか」ということに気づかされるばかりでした。

戦争中に疎開していた宮城県の石巻が、今回の津波の被害で、一面がれきと化した光景を目《ま》の当たりにして、子どもだった窪島さんが、戦後の焼け野原に立ったときのことが、ありありと甦ってきたそうです。

養父母が、そんな焼け跡から自分を育ててくれたことを、いまさらながらありがたいと思いました。養父母たちの苦労を振り返ることもなく、踏みにじってきたことへの後悔の念がわいてきます。

「もうちょっと、いたわってあげたかった。ずっと貧乏の極致にあったのに、よく自分を手放さなかったと思います。それが、どれだけ困難なことだったか……」

戦没画学生の老齢となった親たちが、八十七歳と八十二歳で他界された養父母と重なるそうです。窪島さんにとって、「無言館」の完成をいちばん見せたかったのは、養父母のお二人でした。生前、親不孝したままだったという養父母に、自分の罪を詫びるつもりで、「無言館」を作ったともいいます。

窪島さんが、自分への罰のために建てたという「無言館」は、戦没画学生が残した貴重な絵を保存し、訪れた人たちがそれらの絵にふれることができる、貴重な美術館となりました。

窪島さんの著書『「無言館」への旅』（小沢書店、のちに白水社）という本のあとがきは、開館した年の日付で、こう締めくくられています。

「……戦争であれ平和であれ芸術であれ、私はまだこれから人にむかって何かを伝えてゆく側の人間ではなく、自分がつくったこの美術館から何かを伝えられてゆく側の人間なのだと思って胸がつまった」

私自身も同じく、「伝えられてゆく側の人間」という窪島さんの言葉に共感をおぼえました。「伝えられてゆく」ことを大切に受けとめていきたいと思うのです。それは、縁あって、この地球上で生かされている私たちが、いのちのつながりを感じ、いのちの声を聞くことでもありましょう。そこから、「伝えること」「伝え合うこと」がはじまるのではないでしょうか。

戦争に原爆、そして原発事故をとおして、私たちに「伝えられているもの」を、いのちの声を聞きながら、真剣に受けとめなければと思います。

高いところに心をおく
松本サリン事件と河野義行さん

春たけなわの季節を迎えました。お花見に出かけなくても、周りの風景のなかで、美しく開花した桜が目に入ってきます。

路地を歩いていて、垣根越しに見上げると、白い木蓮《もくれん》の花が空いっぱいに広がっていました。道端にはタンポポやすみれが咲き、その色合いに心も染まるようです。

自然の姿をとおして、私たちは当たり前のようにめぐりくる季節を感じることができますが、一方、花や樹木などはどうなのでしょう。どんなふうにして春の気配を感じ、開花や新芽のときを計るのでしょうか。

不思議に思っていたのですが、太陽の日照時間によってわかるのだということを知り、なるほどと思いました。植物のなかに、光を感知する体内時計のようなものが、きっと組みこまれているのでしょう。

日の短かった寒い冬を過ぎ、陽光ふりそそぐ暖かい春となり、太陽の照りつける灼熱の夏へ向かって、日は少しずつ長くなっています。

大震災がもたらした痛みや困難はつづいていますが、このいい季節をお日さまに包まれながら、せめて心や体を花のように少しでものびやかにして、過ごしていきたいものです。

空が日一日と明るさを延ばしていくなか、その明るさに照らされ、東日本に広がる被災地の再生と復興の歩みも、前へ前へと進んでいくことを、心より願っています。

さて、今回お伝えしたい話に移りましょう。

この本のテーマから、ぜひともお会いしてお話を紹介できたらと、強く思いつづけていた方がいました。その方、河野義行さんは、現在、鹿児島にお住まいということだけは耳にしたのですが、ご連絡先はまったくわかりませんでした。

なんとか手立てを探さなければと考えていた、昨年の十二月はじめのことです。東京の日比谷公園を訪れる機会がありました。十年ぶりくらいの、とても久しぶりの場所でした。帰路、公園から出口に向かっていたとき、こちらに歩いてくる男性とすれ違いました。

なんと、その男性は河野さんご本人だったのです。予期せぬ突然の遭遇に、失礼を省みず思わず呼び止めて、お声をかけていました。数年前、ある集会でお話を聴かせていただいたことがあり、そのときの河野さんの言葉に感銘を受けて、ご挨拶をして以来です。

所用のため上京していた河野さんは、少し時間があったので公園の散歩を思いつかれたといいます。本当に、驚くばかりの偶然だったのですが、強く願ったから叶ったと思えるような、なんともありがたく不思議な出会いでした。

これぞ、ご縁と言えるでしょう。そのおかげで時間をかけてお話を伺うことができ、以前に受けた感銘が、いっそう深いものになりました。

一九九五年、いまから十六年前の三月二十日は、東京の地下鉄で、オウム真理教による「地下鉄サリン事件」が引き起こされた日です。この年の一月には、あの阪神・淡路大震災がありました。戦後五十年の節目の年でしたが、日本中が震撼《しんかん》し、大きく揺れ動いた年でした。

その前年の六月二十七日、長野県松本市の一画で、猛毒ガスのサリンがまかれ、死者七人、重軽症者二百人以上を出す大惨事となりました。この「松本サリン事件」の容疑者とされたのが、第一通報者で、事件現場の近くに住んでいた、会社員の河野義行さんでした。

事件後すぐに、河野さんは警察とマスコミから、犯人と決めつけられてしまったのです。河野さんを犯人扱いする報道が一気に過熱し、周りに拡大していきました。当時を思い返すと、私も報道される内容を、そのまま信じこんでいた気がします。

翌年、地下鉄サリン事件が起き、一連の事件がオウムの犯罪であることが、明らかになりました。それによって、河野さんに対する疑いはようやく晴れたのですが、河野さんが被った人権侵害は、あまりにもひどいものでした。

まかれたサリンで、ご夫人の澄子さんは意識不明の重体となり、河野さんも重い症状に入院します。河野さんご自身が犯罪の被害者であるのにもかかわらず、冤罪《えんざい》に、報道被害も加わり、三重苦を背負わされたのです。

そんな大変な目に遭われた河野さんでしたが、その渦中でも、平静な心と表情を、つねに変えることはありませんでした。ずっと不思議に思っていましたが、それは、どうしてだったのでしょう。

また、想像もできないほどの苦しく困難な状況に対して、河野さんは一体どんなふうに向き合っていったのでしょうか。

事件の起きる前、四十四歳で後厄《あとやく》を終えたばかりの河野さんは、澄子さんとお二人で、「本当に好きなように生きてきたから、いつ死んでも後悔がないね」という会話を交わしていました。「ただ、中学生と高校生の三人の子どもたちが、無事に大学を卒業するまでは、親の責任を果たそう」と、澄子さんは話をつづけたといいます。

河野さん一家が事件に巻きこまれたのは、その十日後のことでした。近隣から流れてきたサリンガスを浴び、澄子さんは心肺停止状態となり、河野さんも暗くなっていく視界に体の異変を感じました。

すぐさま救急車を呼び、病院へと運ばれましたが、なんと次の日、河野さんのお宅は、殺人容疑で警察の強制捜査を受けたのです。被害者の周りから疑っていくという、警察の捜査手法でした。

河野さんの自宅にあった、農薬や写真の現像液などの薬品類が押収され、その日のうちに警察による記者会見が行われました。発表を受けた新聞やテレビは、それをいっせいに報じたのです。

そのときの報道内容が、河野さんの著書『「疑惑」は晴れようとも』（文藝春秋）に載っていますが、いま読むと、あらためて報道の恐ろしさや問題点を考えさせられます。たとえば、六月二十九日の毎日新聞の見出しは、「第一通報者宅を捜索『薬剤調合、間違えた』と救急隊に話す」とあります。

しかし、救急隊の人たちは河野さんから、そんな言葉はまったく聞いてないといいます。警察の幹部からのリーク（漏らされた）情報が使われたためでした。

河野さんの言葉も、曲解されました。救急車がくるまでの間、苦しくて玄関に座っていた河野さんが長男の手を握って、「お父さんはだめかもしれない。あとは頼んだぞ」と語った言葉が、地元の新聞の見出しには、「会社員、事件の関与をほのめかす」となったそうです。

これは、二十九日の朝日新聞の社説です。

「……なぜ、自分で農薬を作ろうとしたのか、どんな農薬を作ろうとしたのか、どうしてこれほど多くの犠牲者が出てしまったのかなど、はっきりしないところが残っているが、あってはならない恐ろしいできごとだ。巻き込まれた被害者とその家族の方々のつらさ、悲しみはどれほどかと思う。……」

河野さんを加害者としていますが、河野さんこそ、その巻き込まれた被害者だとわかったとき、この社説を書いた記者はどんな思いがしたのでしょうか。

押収された薬品類ではサリンを作ることはできないといいます。それでも犯人と決めつけられていた河野さんは、サリンの後遺症が回復しないまま退院をさせられ、二日間にわたって警察の事情聴取を受けることになりました。

事情聴取は、医師が許可した二時間以内という時間を無視し、一日、七時間半にも及んだそうです。それは河野さんに自白を強いる、とても強圧的なものでしたが、河野さんは臆《おく》しませんでした。

高校一年生の長男も、三人の刑事から尋問を受けました。刑事は息子さんを共犯とみなし、薬品や容器をどこに隠したかと迫ったうえ、お父さんは自白したと事実を曲げて伝えたといいます。

しかし、息子さんは、「お父さんが、そんなことを言うはずがないです」と、刑事のどんな尋問にも決して動じませんでした。父親に対する、息子としての揺らぐことのない強い信頼感が伝わってきます。

「もし、そのとき、息子が刑事の言葉を認めていたら、自分は間違いなく逮捕されていたでしょう。息子に救われました」と河野さんは語ります。

そのあと、事情聴取を終えた河野さんが息子さんに会ったとき、そのお父さんの顔を見るや、息子さんは泣いたそうです。息子さんの、お父さんへの揺らぐことのない、強い信頼感が伝わってきます。

それにしても、普通に日常生活を送っていた人が、警察やマスコミ、世間の人たちから〝犯人〟とレッテルを貼られてしまう怖さと危うさを、河野さんが受けた被害をとおして感じます。

河野さんだけが特別ではなく、だれにでも起こる可能性があるということでしょう。決して他人事《ひとごと》ではないように思えます。

もし、自分が河野さんのような状態に追いこまれたら、どうするのだろうと想像してみました。正直、どうなのかわかりません。ただ、そのとき、人間としての自分が問われるような気がします。

私にも子どもがいますが、河野さんの息子さんと同年齢くらいのときに、もし刑事から尋問があったら、息子さんと同じような対応ができるのかどうか、それもわかりません。きっと間違いなく、親としての自分が問われることになるでしょう。

以前、ある集会で河野さんのお話を聴かせていただいたとき、感銘を受けたことを前述しましたが、そのなかで、特に記憶に残っている言葉があります。河野さんは逮捕されることも覚悟して、三人の子どもたちに、こう話されていたそうです。

「このままいくと、お父さんは死刑になることもあり得る。それでも、おまえたちは、どんなときも卑屈になることはない。意地悪をされたら、相手を許してやるように。意地悪する人たちよりは、少し高いところに心をおいておこう」

「高いところに心をおく」という河野さんの言葉に、感銘を受けました。河野さんだからこそ、より重みがあります。そのとき以来、私にとっても、この言葉は胸に深く刻みこまれました。

マスコミで報じられるやいなや、河野さんのお宅には、「第一発見者会社員」という宛名だけで脅迫状が届き、「人殺し」「ここから出て行け」といった嫌がらせ電話や、無言電話が十分おきくらいにかかってきたといいます。

住所、名前があった二十通あまりには、折り返し返事を書いたそうですが、すべて戻ってきました。長男から電話番号を変えてほしいと頼まれたとき、河野さんは変えませんでした。自分にやましいところがなかったからです。

「変えることは、現実から逃げることになる。どんな電話にも真摯《しんし》に対応すること。無言電話にも、きちんと断ってから電話を切るように」と、子どもたちに言い聞かせました。

子どもたちは、無言電話には「ご用件がないなら、切らせていただきます」と言ってから受話器を置き、嫌がらせ電話にも、「よかったら、お父さんと会って話してみませんか」と誠実に対応していったそうです。

「高いところに心をおく」というお父さんの言葉の意味が、しっかりと子どもたちに理解されているのを感じます。

はっきりと疑惑が晴れるまでの一年間は、河野さんにとって、「四十四年の人生のなかで、もっとも苦しい体験」であり、ときには「死ねたら楽だろうな」と思ったこともあったといいます。

乗りきることができたのは、河野さんの潔白を信じ、支えつづけてくれた周りの人たちの存在があったからでした。離れていく人は、だれもいなかったそうです。

マスコミが、なかなか手に入らない河野さんの写真が欲しくて、写真一枚に七十万円支払うと申し出ても、渡す友人は一人もいませんでした。

河野さんは、『命あるかぎり』（第三文明社）という著書のなかで、こう書いていま
す。

「私は、あの事件を通して、無言電話や嫌がらせ電話、脅迫の手紙など、人間の心のネガティブな部分にたくさん触れた。しかし、それを超えてあまりあるくらい、人間の明るい、よい部分をも知ることができた」

入院していた病院の看護師さんは、「子どもさんたちを、しばらく自分の家で預かりましょうか」と声をかけてくれたそうです。

河野さんが勤務していた会社には、「あんなやつをクビにしないなら、取り引きをやめる」といった電話などが、数知れずあったといいます。入社してわずか一年目の会社でした。

しかし、社長さんは「事件のことはまだ、何もわかっていない」と、それをはねのけたそうです。そして河野さんを休暇扱いにして、給料だけでなく、働いていなかった冬のボーナスまで支給してくれました。全国の支店にも河野さんへのカンパを呼びかけ、多くのお金が集まったといいます。

友人や知人からも、さまざまな形の応援が寄せられました。「だれがなんと言おう

と、自分は河野を信じる」と言ってくれた人がいたからこそ、河野さんは踏んばれたといいます。

「たとえ一人でも、自分を信じてくれる人を作ってほしい。それが救いになります」

という河野さんの言葉には、心に響く説得力がありました。

「いちばん支えてくれたのは意識不明の妻です。そこにいてくれる、それだけでがんばれました。命はそこにあるだけで、大きな働きをしてくれるんです」

河野さんは、事件前に澄子さんと約束した、子どもたちが大学を出るまではという親の責任を、なんとしても果たさなければと思ったといいます。

澄子さんは病院のベッドの上で、河野さんや子どもたちを、ご自分の命すべてで励まし、大きく包んでいらっしゃったのでしょう。

「もし自分が逮捕されたら、殺人者の妻となり、受け入れてくれる病院や施設がないかもしれない。妻を守るためには、絶対に逮捕されるわけにはいかない」

そういった澄子さんへの思いも、河野さんが、がんばる力になったそうです。

入院している澄子さんのもとに、時間のある限り、河野さんは通いつづけました。

澄子さんの好きな音楽を流し、絶えず話しかけ、全身にマッサージを施しました。化粧水でお顔をきれいにしてあげることも、欠かしませんでした。

「たまたま妻は動けないだけで、あとは普通です」

そこには、河野さんと澄子さんご夫婦だけの、愛情に満ちた、変わりない日常があったことでしょう。

二〇〇八年の八月、十四年間、意識をもどすことなく、澄子さんは旅立たれました。

「不自由な生活から解き放たれたことは、彼女にとっては喜ばしいことでしょう。やっと自由になれたね、よかったね、と思いました。ふるさとへ帰ったんだから、楽しく送ってあげようと」

澄子さんを見送ったあと、河野さんは、長野県の松本から鹿児島へ住まいを移されたといいます。そこへ、松本サリン事件の後に知り合ったという、元オウム信者の友人が遊びに訪れると聞いたときは、信じられない思いでした。

河野さんが、元オウム信者とそういったつながりをもてるというのは、一体どうしてなのでしょう。

人という言葉を、韓国（朝鮮）語でサラムといいます。愛は、サランです。サラムとサラン。人と愛という言葉の響きが似ているのが素敵ですが、ハングル（朝鮮の文字）で表すと、サラムは下の部分が四角（□）に、サランは丸（○）になります。

その形を見ながら、こんなことを思いました。なんらかの原因で人の心が固まり、角ができてしまっているとき、それを愛（慈しみ）でまるく包みこむと、角がとれ、その人本来の人間らしさがにじみ出てくるのではないかと。

河野さんにお会いして、どんな人をも包みこむ、そんなまるくやわらかな心を感じました。

河野さんが「藤永君」と呼ぶその友人、藤永孝三さんは、オウム教団にいたとき、それがなんのためかわからないまま、渡された図面どおりに車を改造したそうです。その車が、松本サリン事件で噴霧車として使われたのでした。

藤永さんは罪に問われ、十年間服役します。出所した藤永さんが花束を手に訪ねたのは、松本市内の河野さんの自宅でした。獄中で河野さんが書かれた手記を読み、どうしても直接謝りたいと思ったそうです。

河野さんは、ふるえるほどに緊張している藤永さんを居間に通しました。会話のなかで、藤永さんが刑務所の作業で植木の剪定《せんてい》をしていたのを知り、「わが家もやってもらえますか」と、庭の手入れを頼んだといいます。藤永さんにとっては、思いもかけない驚愕《きょうがく》の申し入れだったでしょう。

つづけて河野さんは、藤永さんがいつでも庭に出入りできるように、家の鍵の場所を教えました。河野さんの著書『命あるかぎり』にくわしいですが、藤永さんへの対応は、私の想像力の及ぶ範囲をはるかに超えるものでした。

三人の子どもたちは進学などで家を離れており、河野さんも家を空けることがあります。「自分がいないときでも泊まれるように、二階に部屋を用意して、冷蔵庫にビールを入れておくからね」と、言葉をつないだのです。

信頼を寄せている、古くからの友人のような河野さんの接し方を、藤永さんはどう受けとめたのでしょうか。責められるのを覚悟し、不安と緊張で固まっていた心が、きっと、たちまちほぐれたことでしょう。

こだわりのない、ごく自然な態度で藤永さんを迎え入れた河野さんの気持ちを、著書の言葉から借りてみます。

「私にとって、妻の回復を願うことがすべて。彼がやったことに対しての恨みはなに一つなかった。第一、彼はすでに刑期を終えてきているわけだから、社会的にも罪のつぐないは終わっている」

その日、庭仕事をやってくれたお礼にと、河野さんは、藤永さんを渓流釣りに誘ったそうです。自宅にもどると、ちょうど長男と長女が帰省していました。反応を気にしつつ、子どもたちに、藤永さんがどういう人なのかを、そのまま伝えて紹介したといいます。

すると二人とも、まったくふつうに藤永さんに挨拶をし、そして、そのあとみんなで近くの温泉にも出かけ、一緒に食卓を囲みました。

また、海外で暮らしているという二女が一時帰国していたときのことです。河野さんが帰宅すると、藤永さんが庭の手入れに訪れて、帰ったあとでした。二女からは、「ご飯を食べてもらい、お風呂も沸かして入ってもらったから」と報告があったそうです。

そんな三人の子どもたちに対して、河野さんは、「やはり、わが家の子どもたち」と妙に納得したといいます。先入観や偏見をもたずに、人をありのままに受け入れ、心配りができるのは、親から子どもへと伝わっていることなのでしょう。

松本サリン事件によって引き起こされた、数々のひどい被害を受けながらも、河野さんもご家族も、人間への信頼感が少しも揺らいでいないのを感じます。

河野さんが犯人扱いされていたとき、何があっても河野さんを信じるという友人たちがいました。河野さんにとって、その存在が大きな支えになったといいますが、「人が信頼し合うことの素晴らしさ」を学ぶようです。

河野さん一家から信頼を受けた藤永さんは、庭の手入れに訪れるたび、ユリの花束をもってきました。サリンによって意識不明の状態がつづいている、ご夫人の澄子さんが好きなお花です。藤永さんは澄子さんが療養している施設に通いつづけ、ベッドの横にユリを飾って、澄子さんの手足のマッサージをしたといいます。

河野さんは、澄子さんの存在が、藤永さんの新たな人生への後押しになってくれるようにと願っていたそうですが、間違いなく、何よりの後押しになったにちがいないでしょう。

どんな人なのか、藤永さんに一度会ってみたいと思っていました。五月の連休に、そのまま残してあるという松本のお宅へ、藤永さんをともなって立ち寄られるという予定を河野さんから聞き、この機会にと、お宅をお訪ねすることにしました。

JR東日本の松本駅からタクシーに乗り、運転手さんに行き先の住所を告げると、すぐ河野さんのお宅であることがわかるようでした。運転手さんは、当時の河野さんを取り巻くマスコミの騒動が、どれだけすごいものであったかを、一つひとつ思い出すかのように語ってくれました。

二十分ほど街中を走り、閑静な住宅地に入ると、一軒の家の前で車が止まりました。河野さんのお宅です。

何代にも受け継がれてきたような、古く落ち着いた風情《ふぜい》の木造家屋には、中庭が広がっています。

隣接する駐車場でまかれたサリンが、この庭に流れてきたということを思い浮かべると、足元が一瞬すくむようでした。このお宅の周りに、大勢のマスコミが押し寄せていた、テレビ画面や報道写真が思い出されます。

玄関を入ると、河野さんが出迎えてくれました。河野さんは鹿児島を車で出発し、中国地方で生活している藤永さんを途中で同乗させて、前日、松本にたどり着いたのだそうです。

玄関からつづく二階に案内され、河野さんから藤永さんを紹介されました。五十代という藤永さんは、河野さんが初対面の印象を、「真面目でおとなしそう」と表現していた、そのとおりの人でした。

細面でほっそりとしている藤永さんですが、若いころ、ボクシングのプロテストに合格したという経歴があります。目標を定めると、一つのことに打ちこむ努力家という感じがしました。

藤永さんとオウム真理教を結びつけたのは、なんだったのでしょう。

じっくりとお話を聞けたわけではないのですが、藤永さんに霊的な体験があったからだといいます。

現在もつづけている建築関係の仕事でグアムへ行ったとき、戦争で命を落とした人たちの霊を体に感じたそうです。また、就寝中に人らしき気配を感じ、その人に言われたとおり、早朝、資材をかたづけたら、大雨の被害を防げたこともありました。

そういった体験が重なり、何か精神的な修行をしたいと思ったのだといいます。オウムからは脱したのですが、自分なりに、一人で修行はつづけているのだそうです。

オウムが行った犯罪行為があまりにも衝撃的だったため、オウムの信者はみんな危険な存在で、極悪人のように見なす風潮がありますが、しかし、私から見ると、ある意味、純粋で真面目な人たちが、巻きこまれていったという気がしてなりません。

お金が欲しい、ぜいたくがしたい、自分さえよければいい……といった欲の強い人たちとは多分、離れたところにあった人たちが大多数だったでしょう。生きるうえでの迷いや葛藤、理想や救いを求める思い、社会に対する疑問など、そういったものがあったがゆえに、多くの若い人たちがオウムへと引きつけられていったように思えます。

言うまでもなく、犯した罪は司法で正しく裁かれて、きちんと償われなければいけないと思いますが、処罰し、排除して終わりにするだけでは、本当の解決にはならないのではないでしょうか。

なぜ、若い人たちがオウムに近づいていったのか、社会や私たちに問題はなかったのか、オウムが、あれほどの大きな犯罪を引き起こした原因と背景はなんだったのか、どうして止められなかったのか、防げなかったのか……。いま一度立ち返り、明らかにしていくことが必要な宿題のように思えるのです。

現在、河野さんの三人の子どもたちは、それぞれの道をしっかりと歩んでいます。重い症状を負ったお母さんを回復させるためにと、医療関係の研究者となった長女は、事件当時、高校二年生でした。

その長女が校内の図書委員会で活動していたときに、顧問されていたのが、世界史担当の小川幸司先生です。十年以上も前になりますが、高校生への講演を依頼されたのがご縁で、それ以来、親交を深めるようになりました。いまからさかのぼって、河野さんにつながるご縁を感じます。

あるとき、小川先生が語ってくれた話があります。

小川先生は、生徒たちに河野さんのお話を聴かせたいと、講演会を企画したそうです。ところが、「オウムに対して厳しい態度をとらない河野は、けしからん」という人たちが、講演の中止を求めて校長室に押しかけたといいます。

校長から対処を迫られた小川先生は、「もし中止になるようなら、教師を辞めます」と答えました。本当に、その覚悟があったそうです。

講演会は予定どおりに行われました。中止に同意しなかった小川先生に心の中で拍手を送りましたが、この話を聞いたとき、河野さん自身が被害者なのにと、やりきれない思いがしました。何より中止を求めてくる人たちの、その理由と圧力に、たまらなく疑問と違和感を感じたのを、いまでもおぼえています。

話が逸《そ》れてしまいましたが、もとにもどしましょう。

おじゃました、二階のお部屋の窓は開け放たれていて、五月の気持ちのいい風が吹きぬけていきます。ゆったりとした河野さんの雰囲気に包まれるように、藤永さんも、おだやかな表情で会話を交わしていました。

はからずも、事件の被害者と加害者という形で出会った、河野さんと藤永さんが、親しい友人として心を通わせている姿は、暗がりにほんわかともる灯りのように感じられます。

その場にいると、周りの静かなたたずまいをとおして、松本サリン事件から長い歳月を経たことが、伝わってくるようでした。お二人は、その日のうちに、鹿児島へ向けて帰路につくということで、実際にお話ができたのは短い時間でした。それでも私には、貴重なひとときとして、記憶に刻まれました。

河野さんの著書のなかに、「私はできることなら、人間の優しさを大事にしていきたい」という言葉があります。その優しさが、藤永さんだけではなく、他の〝加害者〟たちをも包みこんでいるのを知り、重ねて驚きました。その話にもふれてみたいと思います。

河野さんは、オウムの犯罪で刑に服している人たちへの面会と差し入れをするため、何度も東京拘置所に足を運んだといいます。最初に訪ねたのは、現在、死刑が確定している新実死刑囚でした。

「新実さんが、澄子のことを知って、『意識不明の人とコンタクトをとる』という本を送ってくれたので、お礼を言っておきたいと思ったんです」というのが、面会に訪れた理由だそうです。

「新実さん」というように、河野さんがオウムの犯罪で被告となった人を、さんを付けて呼ぶのは、なぜなのでしょう。河野さんに尋ねてみると、「呼び捨てにするほど、親しくないですから。ふつう、尊敬していなくても、何々さんとみんな呼んでるので、〝さん〟は使っていい言葉ではないかと思っています」と返ってきました。

親しい感情がないと、人を呼び捨てにすることはできないという河野さん。私は親しい感情がなくても、むしろ嫌だと思う人を呼び捨てにしてしまいますが、河野さんのさりげない返答には、なるほどと納得できる気がしました。

死刑判決を受けている中川被告から、会いたいという申し出があったときも、拘置所まで出かけて行ったといいます。

「新実さんや中川さんと面会したときは、冗談まじりに、『修行してるから、私が上であなたが下だよ』とか、『悟ることができるの？』というような話をして……」

拘置所で暗い話をしてもしょうがないと、差し入れには河野さん流のユーモアをこめました。

「新実さんには名前にちなんで、二万一千三百円を、二回目のときは、さんを付けて、二万一千三百三十円にしました」

他にも拘置所に入っている四人の人たちに、五回にわたって、三万円とお菓子を差し入れたそうです。「お金がないと、本を買うこともできなくて不自由だろうし、せっかく会ったんだから」と、河野さんは当たり前のように語ります。

どうして、そういうふうにできるのでしょうか。不思議に思えてなりませんが、河野さんにとって、「人を憎んだり、うらんだりすることは、限りある自分の人生をつまらないものにしてしまう」という思いがあるのだそうです。

「オウムで罪を犯した人たちは、裁判所が罰を与えるのがルールでしょう。その人たちをうらめば、澄子が回復してよくなるならともかく、なにもいいことはありません。こんなに被害を受けたのに、被害を上乗せすることになります。

憎しみやうらみを抱いたときに、その人の人生は楽しいものになるでしょうか。警察やマスコミ、オウムをうらみつづけたのでは、楽しくないでしょう。自分の人生は、楽しむために生まれてきたと思ってますから」

まさに、人となりと人生観が伝わってくる言葉でした。本当にそのとおりだと感じている一方で、はたして自分はこれまでどうだったのだろうかと、自分自身を振り返ってみたいと思いました。

河野さんが、犯人扱いされてひどい状況にあったとき、長男に語ったという話があります。

「世の中には、間違って逮捕されることがある。裁判官が間違うこともある。もし、お父さんが死刑となり、刑の執行を受ける場面がきたら、『あなたたちは間違っているけど、ゆるしてあげる』と言うつもりだ。そこまでにならないように、何ができるのかを考え、できることはやっていくけれど」

一体どうして、そういう心境になれるのだろうかと思ったのですが、河野さんの次の言葉に、納得することができました。

「『ゆるしてあげる』というのは、自分は忘れてあげる、気にしないということです。

忘れずに気にしなければいけないのは、間違っている相手のほうですよね。自分はやってないとわかっているので、反省するところは相手のなかにあり、その人自身が向き合っていく問題だと思います」

「ゆるす」というのは、何もなかったことにするというのではなく、間違えた側が間違いに気づいたあと、どうするのかが問われているということなのでしょう。

「人は間違えるものですから」。そんな河野さんの言葉に、私自身も包みこまれた感じがしました。ただし間違えたときは、それを自分でちゃんと直すことを忘れないようにしたいものです。

だれをも包みこむ心の広さ、やわらかさをもつ河野さんは、一体、どんな環境のもとで育ち、自らの人生観を形作ってこられたのでしょうか。

河野義行さんは、一九五〇年、愛知県豊橋市で六人きょうだいの末っ子として生を受けました。子ども時代は、自然の豊かな田舎で、毎日、野山や川を駆けまわっていたといいます。幼なじみとともに、よくいたずらもしました。

小学校の一、二年生のころのことです。スイカ畑のスイカを、歩きながら、蹴って割ったことがありました。怒鳴りこんできた畑の持ち主に、お母さんは、「子どもに割られないようにしたいのなら、子どもが畑に入れないようにしておくことだ」と言い返したといいます。

こういう場面では、親が畑の持ち主に謝り、子どもを厳しく叱るのが当たり前の対応と言えるでしょう。でも、河野さんのお母さんは違いました。「自分を守ってくれた」と、河野さんは思ったそうです。

そのとき河野さんは、どんなときでも、何があっても、自分を守ってくれる存在があるという安心感を、しっかりと手にすることができました。

その対応は親によってそれぞれ異なるのでしょうが、大事なのは、そこに込められた親の心が、子どもにどう伝わるかということなのかもしれません。

あとで、お母さんは息子に向かってニッコリ笑うと、「おもしろかったか?」と声をかけたそうです。そして、「もう、やっちゃだめだよ」と付け加えました。

「おもしろかったか?」という問いかけには、子どもの気持ちをまず受けとめてあげようとする、お母さんの思いやりを感じます。

林業家の娘として育ったお母さんを、河野さんは、「スケールの大きなところがあった」と評していますが、その一端がうかがい知れるエピソードがあります。

小学校五年生のとき、グミの木に登っていた河野さんは、足を踏み外して落ちてしまいました。そのはずみに、木の下に立てかけてあった薪《たきぎ》で、のどを突いてしまったのです。のどから肉がたれ下がり、血が噴き出してきました。大変な大ケガです。のどを押さえて、泣きながら家に帰ってきた息子に、お母さんはまんじゅうをもってくると、「これを食べてごらん」と手渡したといいます。お母さんに言われたとおり、河野さんはまんじゅうを口に入れ、のみこみました。

お母さんは、「まんじゅうがのどを通ったのなら、大丈夫」と黄色い粉を傷口に当て、首にばんそうこうを貼ってくれたそうです。ふつうなら病院に行くところですが、化膿止めの黄色い粉を取り替えているうちに、治ってしまったといいます。

のちに河野さんが、医師をしている、長女の義父にこの話をしたら、「ケガはのどを突きぬけていないので、お母さんの手当ては救急治療として正しかった」と言われたそうです。

つねに傷が絶えなかった河野さんですが、たいてい黄色い粉を塗って治しました。縫わなければいけないほどのひどいケガの場合も、自分で病院に行きました。

「母からは、無条件の愛情の大切さを教えてもらいました」

お母さんから与えられた絶対的な安心感と無条件の愛情が、河野さんの強い自立心を育んでいったのでしょうか。高齢だったというお父さんは、必要なところでびしっと叱る、子どもにとって怖い存在でした。

河野さんは、そういうご両親に見守られながら、本当に自由に自分でしたいことをして大きくなったといいます。

中学校を卒業すると、定時制高校へと進学しました。高校は義務教育ではないので、親に頼ることなく自分で学費を払うのが、道理だと思ったのだそうです。

大学も理科系の二部に進み、卒業後は京都で就職しました。学生時代に旅して以来、京都に憧れていたからです。河野さんは、仕事のかたわらエレクトーン教室に通い、そこで出会ったのが、講師をしていた澄子さんでした。

交際を実らせて、河野義行さんと澄子さんは結婚をし、しばらくして澄子さんのご実家がある松本市へと移りました。一男二女と家族も増え、おだやかで満ち足りた歳月が流れていくなか、あの松本サリン事件が起きたのです。

その渦中に巻きこまれながら、どんな状況下にあっても動ぜず、つねに自分を見失わないできた河野さんの姿に感嘆させられます。

恬淡《てんたん》として、いつも静かな表情に包まれている河野さん。ご本人によると、その人生観は、死を見つめることで形成されてきたように思えるといいます。

「人は死ぬ」ということをはじめて実感したのは、小学校五年生のときでした。河野さんを、とても可愛がってくれていた隣のおじさんが亡くなったのです。「こんなにいい人でも死ぬんだ」と衝撃を受け、子ども心に、世の「無常」を感じました。

河野さん自身、何度も死にそうになったといいます。小学校六年生の修学旅行で、ケガをした足が破傷風になってしまいました。自宅に戻ってから医師に往診してもらい、なんとか処置が早くて危機を脱しましたが、そのときは本当に死ぬかと思ったそうです。

京都で交通事故を起こしたのは、二十代のころでした。車同士で正面衝突をし、河野さんの乗っていた車は、ぺちゃんこにつぶれてしまいました。奇跡的に命は助かったものの、二カ月の入院を余儀なくされました。

松本でも、バイクで走行中に車とぶつかるという交通事故に遭い、バイクごと後ろに十メートルも吹っ飛んだといいます。かなりの重傷で、長い入院生活を送りました。

そして、松本サリン事件では、四たび、命の危険にさらされました。

そういった体験のなかで、河野さんは、「死は自然のもので、隣にあるもの」と感じるようになったといいます。その感覚は、松本サリン事件のときに、河野さんが平静な心を保つ支えにもなったようです。それが端的に述べられているところが、ご著書の『命あるかぎり』のなかにあります。

「死はいつもすぐ隣にある。そう思い定めて生きていると、なにが起こっても不思議ではないという気持ちになる。私が、昔からものごとをありのままに受け止めてきていたのは、こうした考え方が身についているからだと思う。

だから、あの事件に遭遇したときも、さらには冤罪の渦中に巻き込まれたときも、私自身あまり動じなかったのは、これも自分の人生の一コマなのかと、ありのままに現実を受け止めたからにほかならない。こういうふうに一度、現実を受け止めて、ではどうするのか、いま自分としてなにをするのがベストの選択なのだろうかと考えていく。つまり、対症療法的に問題を解決してきたのである」

河野さんと私自身が重なります。私も以前、書きましたが、死を目前にしたことがありました。死はいつも隣にあるという感覚も、子どものころから抱いています。ありのままを受けとめるというのは、ずっと心がけてきたことです。

しかし、もし自分が河野さんと同じような状況に置かれたとしたら、果たして、そんなふうに冷静に問題を解決していけるのだろうかと自問してみます。渦に巻きこまれたまま、流されてしまうかもしれません。

そんなとき、河野さんの存在が心強く思えるにちがいないでしょう。流されないためにはどうしたらいいのか、河野さんを〝お手本〟にすれば大丈夫と思えるからです。

河野さんは、ご自分が何度も命を失いそうになりながらも、こうして死なないでいるのは、一体なぜなのだろうと考えたといいます。

「この世でやるべきことがあるからではないか。人は使命（役目）があるうちは死ねない」という死生観をもつようになりました。そういう意味で、河野さんは大切な〝使命〟を果たしてきたと言えましょう。

冤罪の渦中にあって、河野さんの揺るがない姿勢が、そういった冤罪を作る警察の捜査方法と、その問題点を浮かび上がらせました。

事件後、河野さんは長野県の公安委員を引き受け、県警内の改善に力をそそぎます。その努力の結実は、警察庁が、取り調べを適正に行うための指針を出すことにつながりました。冤罪防止のための一歩が踏み出されたのでした。

河野さんの存在が警察の捜査や取り調べにおいて、人権意識を高める、その教訓に、いっそうなってほしいと願うばかりです。

また、河野さんが取り組んできたのが、犯罪被害者の救済でした。河野さんは、ご自身が犯罪被害者になって、いかに被害者が置き去りにされているかを身をもって痛感したそうです。さっそく犯罪被害者支援組織を作り、支援活動をはじめました。

犯罪被害者救済の立法化を訴えつづけ、二〇〇四年には、「犯罪被害者等基本法」が、ようやくできました。現在、支援組織は各県に広がっているといいます。

マスコミの報道のあり方に対しても、大きな一石を投じました。河野さんが受けた報道被害をとおして、私たちは、そこに多くの問題点があることに気づきました。報道する側の人たちが、自分たちの誤りを正し、そのあり方を見直す契機になったことでしょう。

警察やマスコミ、そしてオウムの元信者たちといった加害者に対して、うらみや憎しみをぶつけるのではなく、再び加害者にならないために、真摯に働きかける河野さんの姿から、大事なことを教えられているように思えます。

現在、河野さんは執筆活動とともに、全国で講演を行っています。河野さんがたどってきた人生から紡ぎ出される言葉は、読む人や聴く人の心の奥に、しっかりと届いていることでしょう。

「人はみんな幸せになるために生まれてきたのだと思っています。自分がいちばん幸せを感じることを、するべきではないでしょうか」

河野さんは、いまもその言葉どおり、ご自分の人生を送っていらっしゃるように思えます。

環境を変えて、いろいろな人や景色と出会い、経験していないことを新たにやっていくことが、河野さんにとって、胸が躍る楽しいことなのだそうです。

そのため、半導体分野の次は建設重機といったふうに、六年くらいで仕事を替えてきました。昇進の機会があっても、地位へのこだわりはありませんでした。その仕事ぶりから、どこでも復職をと声をかけられたといいます。

河野さんが松本を離れ、鹿児島市内で暮らすようになったのは、講演で訪れたときに、その地が気に入ったからでした。

基本年金の五万円で生活できるところを探していたら、鹿児島の屋久島から船が出ている離島、口永良部島《くちのえらぶじま》を知りました。人口が百五十人足らずという、その小さな島での居住を考えているものの、いまは講演などもあり、交通の便などを考えると、もう少し先に延びそうです。

島では釣りができるので、それが大きな魅力となっています。釣りは河野さんのいちばんの趣味ですが、なかでも渓流釣りが何よりの楽しみとのこと。

渓流釣りをしていて、一点に心を集中させていくと、周りの景色や音が消え、大自然の生命に抱かれたような感覚になる瞬間があるといいます。河野さんにとって、渓流釣りは、自分にとっての「瞑想」だと思えるのだそうです。

「ふつうに生活すること、それそのものが修行だと思っています」

最後にそう締めくくってくださった河野さんでしたが、そのときの河野さんの静かな表情が、いまも思い浮かびます。

どんな縁をも、自分なりに良い縁へと変えていく河野さんに、見事なまでの生き方を教えられた感じがします。それは、私にとって間違いなく幸せなことにちがいありません。

文庫版あとがき

終わりまで読んでくださったことに、深く感謝を申し上げます。ありがとうございました。文中で、〝ご縁〟という言葉をよく使いましたが、本をとおして、ご縁をいただいたことを、何より幸せに思います。

『私たちは幸せになるために生まれてきた』。このタイトルは、「高いところに心をおく」の章でご紹介した、河野義行さんの「人はみんな幸せになるために生まれてきたのだと思っています。……」という言葉から、付けさせていただきました。

本当に、その言葉のとおりだと思います。人はだれも不幸せになるために生まれてきたわけではないでしょう。私たちは、命を与えられたときから、すでに幸せになる権利も力も手にしているにちがいありません。

幸せの感じ方は人それぞれに違います。平坦《たん》で楽な道のりのなかで得られる幸せもあるでしょう。

また、自分に与えられたさまざまな条件のもと、困難やつらさ、苦しみ、悲しみなど、幸せから遠いものをくぐっていく、楽でない道のりもあるように思えます。

その道のりで出会う多くの縁を、自分なりの良い縁にしていくことが、きっと幸せにつながる、いちばんの道なのではないでしょうか。

そして、その道のりが、自分だけでなく、社会（人々）をも良くしていく（幸せにしていく）ことにつながれば、より深く大きな幸せになるように思います。本のなかでご紹介した方たちの生き方でもありましょう。

本文中には書けませんでしたが、二〇一一年の夏、歌手の李政美さんと、福島を訪ねました。福島は、以前から何度も講演で訪れたところです。

小学校や高校、仮設住宅を回ってきましたが、小学生たちと楽しいひとときを過ごしながら、胸が痛みました。私たち大人のせいで、子どもたちの幸せが奪われるのは許されないと、あらためて強く思いました。

そのあとも福島への訪問を重ねていますが、いまだ原発事故も収束されず、放射能汚染の問題も解決されていません。ふるさとを離れた多くの人たちは、帰ることのできない状態のなかにおかれています。

安心して暮らせることが、どれほど幸せなことかを痛感させられるようです。幸せを奪うものに対して、しっかり目を向けることを忘れないようにしたいと思います。

幸せの大前提は、何よりも平和であることでしょう。平和という幸せは、決して手離してはいけないと、いま一度、胸に刻みこみたいです。

文庫化にあたって、単行本の記述の間違いや書ききれなかったところを訂正し、補足することができました。ほっとする思いです。

連載、単行本、文庫と、お世話になり、お力をいただいた方たちに、この場をお借りして深くお礼を申し上げます。おかげさまです。ありがとうございました。

そして最後にもう一度、この本を読んでくださったみなさん、本当にありがとうございました。幸せをお祈りしつつ、またご縁をいただけるのを願っています。

朴慶南

知恵の森

KOBUNSHA

私《わたし》たちは幸《しあわ》せになるために生《う》まれてきた

著　者――朴 慶 南（ぱく きょんなむ）

2014年　3月20日　初版1刷発行
2022年　9月25日　　4刷発行

発行者――鈴木広和
組　版――萩原印刷
印刷所――堀内印刷
製本所――ナショナル製本
発行所――株式会社光文社
東京都文京区音羽1-16-6 〒112-8011
電　話――編集部(03)5395-8282
書籍販売部(03)5395-8116
業務部(03)5395-8125
メール――chie@kobunsha.com

ISBN978-4-334-78643-4　Printed in Japan